杭州优秀传统文化丛书

周江勇 主编

老底子逸事

梁 易——著

杭州出版社

图书在版编目（CIP）数据

老底子逸事 / 梁易著 . -- 杭州：杭州出版社，
2020.9
（杭州优秀传统文化丛书 / 周江勇主编）
ISBN 978-7-5565-1345-1

Ⅰ．①老… Ⅱ．①梁… Ⅲ．①民间故事—作品集—杭
州 Ⅳ．① I277.3

中国版本图书馆 CIP 数据核字（2020）第 167234 号

Laodizi Yishi

老底子逸事

梁　易/著

责任编辑　杨　凡
装帧设计　李轶军　祁睿一
美术编辑　章雨洁
责任校对　陈铭杰
责任印务　屈　皓
出版发行　杭州出版社（杭州西湖文化广场32号6楼）
　　　　　电话：0571-87997719　邮编：310014
　　　　　网址：www.hzcbs.com
排　　版　浙江时代出版服务有限公司
印　　刷　杭州日报报业集团盛元印务有限公司
经　　销　新华书店
开　　本　710 mm×1000 mm　1/16
印　　张　14.75
字　　数　181千
版 印 次　2020年9月第1版　2020年9月第1次印刷
书　　号　ISBN 978-7-5565-1345-1
定　　价　45.00元

寄　语

　　中华优秀传统文化是中华民族的精神命脉，是我们在世界文化激荡中站稳脚跟的坚实根基。杭州拥有实证中华五千多年文明史的圣地良渚古城遗址，是首批国家历史文化名城和中国七大古都之一，历史给杭州留下了众多优美的传说、珍贵的古迹和灿烂的诗篇。西湖、大运河、良渚三大世界遗产和灵隐寺、岳庙、六和塔等饱经沧桑的名胜古迹，钱镠、白居易、苏轼、岳飞、于谦等名垂青史的风流人物，西泠篆刻、蚕桑丝织技艺、浙派古琴艺术等代代传承的非物质文化遗产，形成了完整的文化序列、延绵的城市文脉。"杭州优秀传统文化丛书"旨在保护城市文化遗存、弘扬优秀传统文化，包括一部专著和十个系列一百余册书籍，涵盖城史文化、山水文化、名人文化、遗迹文化、艺术文化、思想文化等方方面面，以读者为中心，具有"讲故事、轻阅读、易传播"的特点。希望广大读者能通过这套丛书，走进处处有历史、步步有文化的人间天堂，品读历史与现实交汇的独特韵味，在坚定文化自信中当好中华文明的薪火传人。

周江勇

（周江勇，中共浙江省委常委、杭州市委书记，"杭州优秀传统文化丛书"主编）

序 言

文化是城市最高和最终的价值

我们所居住的城市，不仅是人类文明的成果，也是人们日常生活的家园。各个时期的文化遗产像一部部史书，记录着城市的沧桑岁月。唯有保留下这些具有特殊意义的文化遗产，才能使我们今后的文化创造具有不间断的基础支撑，也才能使我们今天和未来的生活更美好。

对于中华文明的认知，我们还处在一个不断提升认识的过程中。

过去，人们把中华文化理解成"黄河文化""黄土地文化"。随着考古新发现和学界对中华文明起源研究的深入，人们发现，除了黄河文化之外，长江文化也是中华文化的重要源头。杭州是中国七大古都之一，也是七大古都中最南方的历史文化名城。杭州历时四年，出版一套"杭州优秀传统文化丛书"，挖掘和传播位于长江流域、中国最南方的古都文化经典，这是弘扬中华优秀传统文化的善举。通过图书这一载体，人们能够静静地品味古代流传下来的丰富文化，完善自己对山水、遗迹、书画、辞章、工艺、风俗、名人等文化类型的认知。读过相关的书后，再走进博物馆或观赏文化景观，看到的历史遗存，将是另一番面貌。

　　过去一直有人在质疑，中国只有三千年文明，何谈五千年文明史？事实上，我们的考古学家和历史学者一直在努力，不断发掘的有如满天星斗般的考古成果，实证了五千年文明。从东北的辽河流域到黄河、长江流域，特别是杭州良渚古城遗址以 4300—5300 年的历史，以夯土高台、合围城墙以及规模宏大的水利工程等史前遗迹的发现，系统实证了古国的概念和文明的诞生，使世人确信：这里是古代国家的起源，是重要的文明发祥地。我以前从来不发微博，发的第一篇微博，就是关于良渚古城遗址的内容，喜获很高的关注度。

　　我一直关注各地对文化遗产的保护情况。第一次去良渚遗址时，当时正在开展考古遗址保护规划的制订，遇到的最大难题是遗址区域内有很多乡镇企业和临时建筑，环境保护问题十分突出。后来再去良渚遗址，让我感到一次次震撼：那些"压"在遗址上面的单位和建筑物相继被迁移和清理，良渚遗址成为一座国家级考古遗址公园，成为让参观者流连忘返的地方，把深埋在地下的考古遗址用生动形象的"语言"展示出来，成为让普通观众能够看懂、让青少年学生也能喜欢上的中华文明圣地。当年杭州提出西湖申报世界文化遗产时，我认为是一项需要付出极大努力才能完成的任务。西湖位于蓬勃发展的大城市核心区域，西湖的特色是"三面云山一面城"，三面云山内不能出现任何侵害西湖文化景观的新建筑，做得到吗？十年申遗路，杭州市付出了极大的努力，今天无论是漫步苏堤、白堤，还是荡舟西湖里，都看不到任何一座不和谐的建筑，杭州做到了，西湖成功了。伴随着西湖申报世界文化遗产，杭州城市发展也坚定不移地从"西湖时代"迈向了"钱塘江时代"，气势磅礴地建起了杭州新城。

从文化景观到历史街区，从文物古迹到地方民居，众多文化遗产都是形成一座城市记忆的历史物证，也是一座城市文化价值的体现。杭州为了把地方传统文化这个大概念，变成一个社会民众易于掌握的清晰认识，将这套丛书概括为城史文化、山水文化、遗迹文化、辞章文化、艺术文化、工艺文化、风俗文化、起居文化、名人文化和思想文化十个系列。尽管这种概括还有可以探讨的地方，但也可以看作是一种务实之举，使市民百姓对地域文化的理解，有一个清晰完整、好读好记的载体。

传统文化和文化传统不是一个概念。传统文化背后蕴含的那些精神价值，才是文化传统。文化传统需要经过学者的研究提炼，将具有传承意义的传统文化提炼成文化传统。杭州在对丛书作者写作作了种种古为今用、古今观照的探讨交流的同时，还专门增加了"思想文化系列"，从杭州古代的商业理念、中医思想、教育观念、科技精神等方面，集中挖掘提炼产生于杭州古城历史中灵魂性的文化精粹。这样的安排，是对传统文化内容把握和传播方式的理性思考。

继承传统文化，有一个继承什么和怎样继承的问题。传统文化是百年乃至千年以前的历史遗存，这些遗存的价值，有的已经被现代社会抛弃，也有的需要在新的历史条件下适当转化，唯有把传统文化中这些永恒的基本价值继承下来，才能构成当代社会的文化基石和精神营养。这套丛书定位在"优秀传统文化"上，显然是注意到了这个问题的重要性。在尊重作者写作风格、梳理和

杭 州 风 俗 **HANG ZHOU**

讲好"杭州故事"的同时，通过系列专家组、文艺评论组、综合评审组和编辑部、编委会多层面研读，和作者虚心交流，努力去粗取精，古为今用，这种对文化建设工作的敬畏和温情，值得推崇。

人民群众才是传统文化的真正主人。百年以来，中华传统文化受到过几次大的冲击。弘扬优秀传统文化，需要文化人士投身其中，但唯有让大众乐于接受传统文化，文化人士的所有努力才有最终价值。有人说我爱讲"段子"，其实我是在讲故事，希望用生动的语言争取听众。今天我们更重要的使命，是把历史文化前世今生的故事讲给大家听，告诉人们古代文化与现实生活的关系。这套丛书为了达到"轻阅读、易传播"的效果，一改以文史专家为主作为写作团队的习惯做法，邀请省内外作家担任主创团队，组织文史专家、文艺评论家协助把关建言，用历史故事带出传统文化，以细腻的对话和情节蕴含文化传统，辅以音视频等其他传播方式，不失为让传统文化走进千家万户的有益尝试。

中华文化是建立于不同区域文化特质基础之上的。作为中国的文化古都，杭州文化传统中有很多中华文化的典型特征，例如，中国人的自然观主张"天人合一"，相信"人与天地万物为一体"。在古代杭州老百姓的认知里，由于生活在自然天成的山水美景中，由于风调雨顺带来了富庶江南，勤于劳作又使杭州人得以"有闲"，人们较早对自然生态有了独特的敬畏和珍爱的态度。他们爱惜自然之力，善于农作物轮作，注意让生产资料休养生息；珍惜生态之力，精于探索自然天成的生活方式，在烹饪、茶饮、中医、养生等方面做到了天人相通；怜惜劳作之力，长于边劳动，边休闲娱乐和进行民俗、艺术创作，做到生产和生活的和谐统一。如果说"天人合一"是古代思想家们的哲学信仰，那么"亲近山水，讲求品赏"，应该是古代杭州人的生动实践，并成为影响后世的生活理念。

再如，中华文化的另一个特点是不远征、不排外，这体现了它的包容性。儒学对佛学的包容态度也说明了这一点，对来自远方的思想能够宽容接纳。在我们国家的东西南北甚至是偏远地区，老百姓的好客和包容也司空见惯，对异风异俗有一种欣赏的态度。杭州自古以来气候温润、山水秀美的自然条件，以及交通便利、商贾云集的经济优势，使其成为一个人口流动频繁的城市。历史上经历的"永嘉之乱，衣冠南渡"，"安史之乱，流民南移"，特别是"靖康之变，宋廷南迁"，这三次北方人口大迁移，使杭州人对外来文化的包容度较高。自古以来，吴越文化、南宋文化和北方移民文化的浸润，特别是唐宋以后各地商人、各大商帮在杭州的聚集和活动，给杭州商业文化的发展提供了丰富营养，使杭州人既留恋杭州的好山好水，又能用一种相对超脱的眼光，关注和包容家乡之外的社会万象。这种古都文化，也代表了中华文化的包容性特征。

城市文化保护与城市对外开放并不矛盾，反而相辅相成。古今中外的城市，凡是能够吸引人们关注的，都得益于与其他文化的碰撞和交流。现代城市要在对外交往的发展中，进行长期和持久的文化再造，并在再造中创造新的文化。杭州这套丛书，在尽数杭州各色传统文化经典时，有心安排了"古代杭州与国内城市的交往""古代杭州和国外城市的交往"两个选题，一个自古开放的城市形象，就在其中。

"杭州优秀传统文化丛书"在传统和现代的结合上，想了很多办法，做了很多努力，他们知道传统文化丛书要得到广大读者接受，不是件简单的事。我们已经走在现代化的路上，传统和现代的融合，不容易做好，需要扎扎实实地做，也需要非凡的创造力。因为，文化是城市功能的最高价值，也是城市功能的最终价值。从"功能城市"走向"文化城市"，就是这种质的飞跃的核心理念与终极目标。

2020 年 9 月

（单霁翔，中国文物学会会长）

雲林寺

谷港觀魚

雷峰西照

西湖十景图卷（局部）

目　录

雷峰塔：镇压白娘子的黑锅我不背

　　清明时节的西湖岸边，微风徐徐，烟柳依依，一白衣女子与一青衫女子相携缓缓而行，每走一步，她们身上的丝罗襦裙也跟着摆动，裙幅细裥处便流泻出缕缕暗香。这两位漂亮小姐姐，便是在峨眉山中修炼了千百年的白蛇和青蛇。这一年，她们终于耐不住峨眉山中的幽静冷清，变幻成人形，来到天堂杭州游览旖旎风光。

　　白素贞四下里望了望："想不到西湖边已是如此热闹。"想当年，她在修炼间歇，也曾经过此地，那时西湖还是一片荒凉的"潟湖"。

　　小青笑笑，说："姐姐，山中一日，人间千年，现在已经是一个叫宋的朝代了。"

　　两人一边说一边走，四月天，孩儿脸，白堤才行至一半，忽然狂风大作，柳枝乱颤，顷刻便下起雨来。"看，那儿有条船！"小青眼尖，指着断桥下的一艘西湖游船。

　　"走，去船上躲雨。"白素贞拉起闺蜜的手，跑向岸边。上得船来，船舱里光线昏黄，但白素贞还是一眼瞧见了那个长相俊美的年轻人，也就是这个故事的男主角——

〔宋〕李嵩《西湖图》

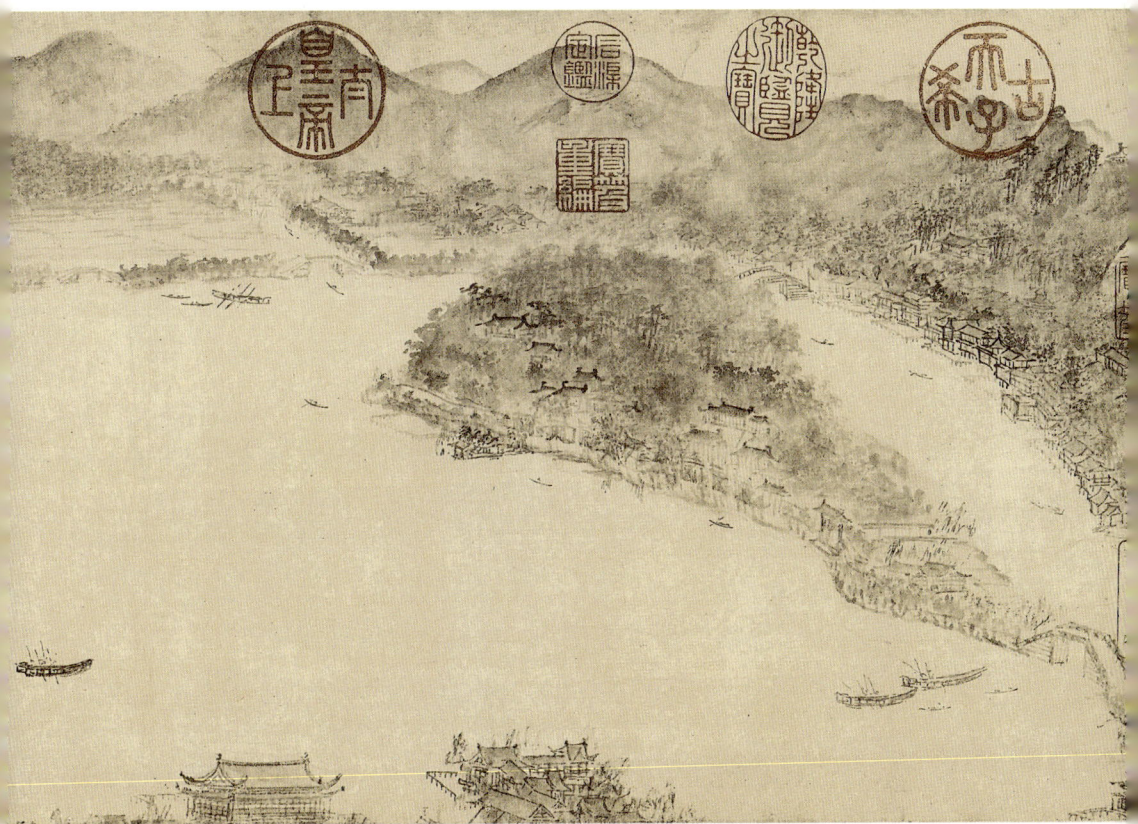

许仙。船到涌金门时，风停雨住，天色转亮，白素贞和小青准备上岸。她瞟了一眼摆在许仙脚边的那把油纸伞，柔声道："这位相公，我俩身上衣衫单薄，只怕待会儿又要下雨，可否借伞一用？"虽是蛇妖，但娇滴滴的语气与身段却让人不疑有他。

美女开口，岂能拒绝。许仙赶紧将自己那把紫竹柄油纸伞双手奉上："小姐请尽管拿去用。"

白素贞抿嘴一笑，接过油纸伞，携小青飘然而去。隔了几日，借口还伞，她再次见到了许仙，并吐露自己的爱慕之情。都说女追男隔层纱，两人很快陷入热恋，结为夫妻，以至于"借东西套近乎"的桥段在日后被无数人借用，屡试不爽。

物质基础决定上层建筑，哪怕是白素贞这样千年道行的蛇精也不例外。为了不降低婚后的生活质量，白素贞施法盗取官银，不料被查获，许仙也受牵连吃了官司，被发配到苏州府。后来，两人在当地开了家保和堂药店，悬壶济世，口碑不错。又过了一段时日，他们迁居到了镇江。

这天是端午节，依照江南风俗，男女老少都要喝雄黄酒辟邪毒，许仙也不例外，一个劲劝妻子喝一杯雄黄酒。雄黄是蛇的克星，白素贞当然说什么都不肯喝，但又怕自己的言行惹得丈夫起疑，便仗着自己的千年修行，勉强喝了一口。谁知一口雄黄酒下肚，白素贞只觉得五内俱焚，顿时显出原形。眼看美丽的妻子成了一条口吐红信的巨大白蛇，许仙吓得魂飞魄散，一命呜呼。

白素贞酒醒后，为救丈夫性命，冒险上昆仑山盗仙草。既然是仙草，当然受重点看护，那就是鹤、鹿两位童子。

白素贞与他们打斗多时，渐渐体力不支，幸好南极仙翁是个怜香惜玉的神仙，他体谅妖也有情，便把仙草送给白娘子。许仙复活了，但具体发生了什么却印象全无。这正中白素贞下怀，两人重新过回恩恩爱爱的甜蜜生活。

谁知端午的闹剧落幕才两个月，又出事了。七月初七英烈龙王生日，许仙到金山寺进香，就在这里，他遇到了本故事的男二号——法海。法海看到许仙脸上有妖气，连劝带逼要许仙出家消灾，强迫他留在寺里。法海算是个高僧，长相说不定还慈眉善目，但这种强迫人家少年郎出家的做法实在不妥。偏偏法海的话，触动了许仙封闭的记忆，他隐隐约约回想起白素贞化蛇的那一幕，心中犹疑不定：难道每日耳鬓厮磨的妻子真的是妖？

丈夫离开时好好的，一转眼却要当和尚，这放谁身上也想不通。这不，白素贞闻讯后，怒气冲冲赶到金山寺要人。法海也不是善茬，两人谈判失败，兵戎相见。白素贞也是气昏了头，她口中念念有词，但见狂风大作，浊浪滔天，金山寺眼看就要被淹没了。这法海倒也本事不小，只见他不慌不忙解下袈裟，扬手丢向水面，袈裟顿时化为长堤，拦住大水，水涨堤也长，金山寺始终平安无恙。白素贞见奈法海不得，只得悻悻然离开。清代嘉庆、道光年间俗曲总集《白雪遗音》中《马头调》里关于雷峰塔有这么一段："金山寺里法海一见许仙，面带妖色，不放下山。怒恼白蛇，忙唤青儿，带领着虾兵蟹将，这才水漫金山。"成语"水漫金山"的出处就在这里。建于东晋的金山寺也因为"水漫金山"的故事，成为镇江的一个代表性建筑。

再说回故事。金山寺的短兵相接虽然动静闹得挺大，白素贞却没能救出丈夫，只得与小青黯然回到杭州。

　　白素贞站在断桥上，呆呆地望着粼粼西湖水，想起与许仙的初遇，心中悲喜交加。这断桥位于里西湖和外西湖的分水点上，一端跨着北山路，另一端接通白堤，据说早在唐朝就已经建成。一座桥尚能跨越数百年的风雨，自己与许仙却跨不过妖与人的鸿沟，白素贞不禁幽幽长叹。忽听得一声熟悉的呼唤："娘子！娘子！"竟是许仙！原来他在金山寺越想越不是滋味，妻子是蛇妖又怎么样？她又没害过自己。趁法海疏忽，许仙终于寻得机会逃出金山寺，从镇江一路寻找妻子来到杭州。

　　白素贞猛然间见到丈夫，又爱又恨，百转千回，正在犹豫是要原谅对方还是罚对方跪搓衣板时，小青已经拔剑砍了过去："你这个立场不坚定的大猪蹄子！"白素贞吓得赶紧劝架："妹妹，使不得！"

　　单身的小青自有一份洒脱："姐姐，你好歹也有着千年的修行，何必为了一个男人如此低姿态？今天我们正好站在这断桥之上，也许是老天爷给的一个预兆，干脆就与这许仙一刀两断吧！"

　　许仙一听这话，忙不迭摆手："小青啊，这断桥的'断'，可不是一刀两断的'断'啊！故事是这样的……"说着便给小青"科普"断桥的由来。

　　很久以前，白堤这儿只有一座小木桥，风吹雨打，桥板经常腐烂断裂，过往行人多有不便。桥旁住着一对姓段的夫妇，经营一个小酒馆，但酒的味道一般，因此生意清淡，仅能糊口。一天傍晚，来了一位白发老人，又饿又累，身上也没钱，段家夫妇古道热肠，热情地款待老人，并留他住了一夜。老人临别时留下了三颗酒药，段家夫妇按照老人嘱咐，将三颗酒药放在酿酒缸里，竟然酿出了极品美酒，不久便名扬杭城。

〔清〕佚名《西湖风景图·断桥残雪》

　　一晃三年，一个冬日，白发老人又冒雪来到段家酒楼。夫妇俩一见恩人来到，那个感激啊，一定要老人留下长住。老人没答应，段家夫妇便取出三百两银子要送给他。老人还是推辞，说："你们不如把钱用在最要紧的地方。"说罢，向小木桥走去。刚上了小木桥，咔嚓一声，桥板居然断了，老人也跌进了湖里。夫妇俩急忙跑去相救，却见白发老人立于湖面，长笑着飘然而去。段家夫妇知道这老人不是凡人，咂摸着他临别时说的话，便用那笔银钱在原来的小木桥处造起了一座青石拱桥，从此，游西湖的人再不怕路滑桥断啦。杭州人感念段家夫妇，便把这桥称为段家桥。后来，因为"段""断"同音，段家桥便叫成了断桥。"断桥残雪"也成为西湖十景之一。

　　小青听完故事，继续挥舞宝剑："虽说断桥不断，但你对我姐姐还是断了念想吧。"

许仙苦着脸没吭声，这边白素贞却叹气道："妹妹，我已经怀了许仙的骨肉，这婚没法说离就离，说断就断啊。"

许仙听说自己要当爹了，又惊又喜又悔，赶紧打恭作揖，当着断桥上来来往往的游客，一个劲地赔礼道歉。小青虽然"恨铁不成钢"，但这种情况下也只得作罢，宝剑重新插回剑鞘。

不料，就在白素贞和许仙好不容易夫妻团圆之际，那不识趣的法海也追到杭州来了。他没有立即动手，而是等白素贞产下儿子身体虚弱时，用金钵罩住了她。但是，总不能带着个蛇妖到处跑啊。法海手托金钵，站在西湖边左右环顾了一圈，正好看到夕阳下一身肃然之气的雷峰塔，觉得与自己有种"灵魂上的共鸣"，于是将金钵封印于塔底，还扬言："除非雷峰塔倒，西湖水干，才是你白素贞脱身之日。"

西湖水一直都没干，雷峰塔倒也是很多年后的事情了。白素贞重见天日，是亏了闺蜜小青苦练法力，以及后来考中状元的儿子帮忙，他们联手打败了法海这个硬要拆人姻缘的和尚，后者灰溜溜躲进西湖一只大螃蟹的肚子里，再也出不来了。

夕照山下，西湖岸边，细雨霏霏，油纸伞下，许仙站在船头，大喜过望时，人的表情反而是平静的，他痴痴地望着容颜未改的白素贞，仿佛穿越时光，回到了初遇那一刻……

时光荏苒，因为白素贞和许仙的故事，断桥被赋予

雷峰塔旧影

了浓浓的浪漫色彩，成为杭州四大爱情桥之一。雷峰塔却从此背上了镇压白娘子的"黑锅"。

1924年9月25日下午1点40分，仿佛是在回应孙传芳攻占杭州城的枪炮声，遍体疮痍的雷峰塔在一声巨响后轰然倒塌。一时间，夕照山上尘土蔽日，鸦雀惊飞。当然，白娘子并未出现。

自此，雷峰夕照的景观不复存在，直到1999年7月，浙江省委、省政府作出了重建雷峰塔、恢复"雷峰夕照"景观的决定。2001年，工作人员对雷峰塔遗址下面的地宫进行了发掘，出土了一大批珍贵文物，其中包括一座内置金棺的鎏金纯银阿育王塔。第二年的10月25日，重建的雷峰塔竣工，"雷峰夕照"再现杭州。重建的雷

〔清〕佚名《西湖风景图·雷峰夕照》

峰塔是中国首座彩色铜雕宝塔，五面八层，依山临湖，向每一个来此的游客诉说千年的故事。

小链接：

雷峰塔又名皇妃塔、西关砖塔，位于杭州西湖风景名胜区南岸夕照山的雷峰之上。关于雷峰塔的建造有两种说法：一种说法是，公元 975 年，吴越王钱弘俶因妃子得子而建，所以塔名最初为"皇妃塔"。还有一种说法是，公元 977 年，钱弘俶为祈求国泰民安而在西湖南岸建造佛塔。因为塔建于西湖南岸夕照山的雷峰之上，久而久之，百姓都称之为"雷峰塔"了。

我们现在看到的《白蛇传》的故事，是经过一代代演变而来的。宋朝话本《西湖三塔记》被认为是《白蛇传》的源头之一，但只是白蛇妖害人的故事，还未演绎成现在大家所熟悉的许仙与白娘子的千古爱情。三百年后，冯梦龙的拟话本《白娘子永镇雷峰塔》里，白娘子演变成一个追求爱情的女主角。又过了一百多年，清人方成培将《白娘子永镇雷峰塔》改编成戏曲剧本《雷峰塔》，直到这时，白娘子才终于拥有了"白素贞"这个名字。

左手射潮，右手建塔，
治理钱江潮必须"双管齐下"

　　书房内，吴越国王钱镠正在翻看庄子的《南华经》，当他的目光落在那一句"浙江（钱塘江古称浙，全名'浙江'）之水，涛山滚屋，雷击霆碎，有吞天沃日之势"时，不由发出一声长叹，心想这老庄先生文采真不错，短短一句话就把潮水的气势描绘得如此形象，但他一定没想到，如今这"浙江之水"，已成为一大灾祸。

　　这些年来，钱塘江潮泛滥成灾，汹涌的潮水肆无忌惮地淹没良田、捣毁民居。城内也常常水漫金山，老百姓出门打个酱油都要坐船。

　　为了阻挡潮水，钱镠下令修筑海塘，以竹木为桩，中间用巨石加固，再加上榫卯结构，建成梯形阻挡浪潮。设计很周密，海塘修筑起来却非常不顺，因为不合时宜的潮水总是汹涌而来，两岸的堤坝总是这边才修好，那边又被冲坍了。为这事，钱镠非常懊恼，却也没有太好的办法。

　　身边大臣见钱王苦恼，便安慰说："大王，这钱塘江水是有名的恶水。想当年，秦始皇南巡，沿水路而下，打算到会稽祭奠大禹。船到钱塘，刚好遇到狂风暴雨，水急浪大，一时不能过去，就命令船队开到宝石山的南岸去躲避风浪，并将皇船系于一块巨石上。这不，那儿到现在还保留着这块'缆船石'呢！后来，'虎视何雄哉'的始皇帝都不得不改道渡江。"

这位大臣说的事可不是瞎编的，可以从《史记·秦始皇本纪》中找到相关记载。那块"缆船石"一直保存至今，北宋宣和六年（1124），有位名叫思净的和尚，听说此石系过秦始皇的皇船，就将它雕刻成佛像，后人又把石佛"饰以黄金，构殿覆之"，并称之为"大石佛院"，因此宝石山也叫"石佛山"。

再说回故事。钱镠听了大臣的劝解，不仅没有感到好受一些，反而更不是滋味了。面对恶浪滔滔的江水，秦始皇可以改道，自己可不能丢下这一城百姓不顾啊。所以，海塘说什么也得修起来，他一定要把江水挡在城外！

钱塘江图　引自《浙江通志》

就在这时，修堤官跌跌撞撞地跑了进来，边跑边大叫着："大王，不、不好啦，江堤被潮水冲垮了！"

"什么？"钱王大惊，这样的消息他已经不是第一次收到了，但每一次的打击都一样大。

修堤官一脸懊恼，说："今天风特别大，潮头特别高，石块刚刚垒起，就被潮水冲塌了，有两个民夫也被潮水卷走，到现在还没找到人，唉……"

钱王双眉紧皱，他见修堤官一脸欲言又止的表情，就问他还有什么要说的。修堤官道："大王，我看这海堤还是别修了吧，肯定修不好的。因为钱塘江里面有个潮神在跟我们作对，每次都是等到我们把海堤修得差不多的时候，他就兴风作浪，鼓起潮头，把我们的海堤给冲坍了。"

"什么潮神不潮神的，"钱王不以为然，"还不都是你们的托辞！"

修堤官吓得赶紧跪下："大王，您有所不知，这钱塘潮凶猛，是因为伍子胥在发泄怨愤啊！"说着，他就讲起了潮神的故事：当年，楚国人伍子胥的父兄被楚王杀害，他逃到吴国，辅助吴王成为春秋一霸。吴国打败越国后，伍子胥曾多次劝说夫差杀了越王勾践以绝后患，夫差不听，还听信谗言，派人给伍子胥送去一把属镂宝剑，逼他自杀。伍子胥不得已自刎而死，尸体还被抛进钱塘江中。因伍子胥一生屡遭冤屈，脾气暴躁，所以当时百姓就认为他死后成了钱塘潮神，钱塘潮吞天沃日之势就是他的不平之气。

现代人当然知道，钱江潮汹涌是自然现象，是地形、水文、气象等多个自然因素"巧妙"配合的结果。但古人缺乏科学知识，把潮水怒涌当作潮神发怒也是情有可原的。

这时，大臣开口道："大王，当年白居易在杭州任刺史时，就曾为潮神伍子胥写过祈祷文。我们修筑堤坝，说不定真的是打扰到了潮神，不如我们也搞一场祭拜活动，向他赔礼吧。"

钱王想了想，宁可信其有，就这么办吧。于是，他选了个日子，在吴山搭起一座高台，率领一班文武大臣，向伍子胥致祭祈祷。为此，他还特意作了一首诗，诗中有这样一句："为报龙王及水府，钱江借取筑钱城。"

热热闹闹的祭祀活动结束后，钱塘江水还真是"老实"了几天，钱王提着的一颗心也放了下来。

这天，钱王正在和大臣们商讨国事，只听一阵杂沓的脚步声传来，又是那个修堤官："大王，堤坝、堤坝又被冲毁了……"

钱王拍案而起，厉声喝道："又被冲毁了？我们不是祭拜过潮神了吗？"

"看来，祭拜这招没用了。"修堤官结结巴巴地道，"今天有人看到潮神了，他长相凶狠，随着潮水翻滚，在水浪里时隐时现，所到之处，摧枯拉朽。民夫们吓得都赶紧往岸上逃……"

钱王听了，心想难道这潮神真的要让这海塘修不下去吗？都说先礼后兵，既然软的不行，那就来硬的，便朗声说道："小小潮神，何须惧他！我倒要好好会一会他。

传令下去，召集一万名弓箭手，在八月十八这天，等候在钱塘江两岸！"

为什么钱王要选八月十八这天会潮神呢？因为传说八月十八是潮神生日，这一天潮头最高，水势更是排山倒海，凶猛无比；而且潮神会在这一天，骑着白马跑在潮头上面。

很快到了约定之日，钱塘江边早就搭起了一座大王台，天刚放亮，英姿勃发的钱王就已经登上高台，观看动静，等待潮神到来。可是，从当地挑选出来的一万名精锐的弓箭手却没有准时到达，而是陆陆续续地出现。军令如山，这些人为何迟到？钱王正要发怒，有个将官上前跪下禀道："启禀大王！城内的弓箭手跑向江边时，要经过宝石山，那个地方山路狭窄，只能容一人通过，况且过山又得爬上爬下的，因此不能同时赶到。"

话虽有理，但这样一来岂不是要误了大事。钱王跳上马背，飞也似地来到了宝石山前。他跑到山巅向四下瞭望，只见这山的南半边有条裂缝，便坐了下来，两只脚踩在山的裂缝处，用力一蹬，这山竟然被他一下蹬了开来，中间出现了一条宽宽的道路。全部弓箭手就通过这条大路，顺利赶到了江边。从此，这里就叫作"蹬开岭"（位于宝石山蛤蟆峰）了，钱王那一双奇大无比的大脚印子，直到今天还深深地陷在石壁上面。

赶回江边，钱王再次登上大王台，这时，一万名弓箭手也已经排好阵势，个个雄赳赳、气昂昂地拿着弓箭，望着江水。钱江沿岸的百姓，受尽了潮水灾害，如今听说钱王要射潮神，都争着前来观战助威，几十里长的江岸，黑压压地挤满了人。

此时，天色暗了下来，狂风大作，大风将王旗吹得猎猎作响，钱王迎风叱道："无德潮神，毁我良田，害我黎民，还不速速退去！"

岸上的百姓以及弓箭手们听到大王的怒叱，都欢呼起来，那声音就像雷吼一样。突然，远处的江面上出现了一条白线，飞速滚来，愈来愈快，愈来愈猛。大家神情凝重，紧张地盯着江面。钱王安抚众人："大家莫慌！拉弓，搭箭。"说着，他解下自己那张紫檀木制成的强弓，取出铁箭，拉紧弓弦。

再看江上，白线已变成滔天巨浪，就像爆炸了的冰山、倾覆了的雪堆似地奔腾翻卷，直向大王台冲来。钱王见了，大吼一声，喝令："放箭！"话音一落，他抢先就"嗖"地一箭射了出去。

这时，万名精兵，万箭齐发，直射潮头。百姓们都跺脚拍掌，大声呐喊助威。箭如飞蝗，射了一轮又一轮，转眼就射出了三万支铁箭，原本冲向岸边的潮头竟就此转了方向，东趋西陵（今滨江西兴）而去，此后三日亦不再来袭。民夫们趁着这段时间，抓紧施工，终于将海塘筑成。

除了修筑海塘外，钱镠还命人运巨石，用竹笼装起来当地基，在今天候潮路和江城路的交叉口建了一座城门。这座城门在当时有个很接地气的名字——竹车门，后来改名为候潮门。

从此，杭州不再受到江潮的侵害，河渠也不再受到咸涩海水的侵入，天长日久，斥卤的土地也逐渐淡化了，适宜耕作。百姓们为了纪念钱王的功绩，就把当时钱王所在的江堤称为钱王堤，把钱王射潮处称为铁幢浦。

钱王射潮

2008年9月，一座巨大的青铜雕塑"钱王射潮"立在了钱塘江畔，浑厚雄伟，气势磅礴，正是对这个传说的再现。

———

钱塘江和钱王的故事到这里还没结束。几十年后，钱镠的孙子钱弘俶也为镇压江潮做了一件大事。

北宋开宝三年（970），笃信佛法的钱弘俶决定在钱塘江北岸的月轮峰上建一座镇江的高塔。这项工程的主要负责人是当时的高僧智元禅师，这座塔就是六和塔，塔名取佛教"六和敬"之义。不过，很多人却认为塔名的由来和一个叫六和的勇敢少年有关。

六和是钱塘江边的一个渔童。钱塘江里的龙王十分

六和塔

凶残，经常兴风作浪，淹没农田，祸害百姓。六和的父亲就是被江潮淹死的。这天，六和和母亲正在江滩上捞鱼，一股来得特别快、特别凶的涌潮直冲过来。六和一看势头不妙，赶紧拉起母亲的手就跑，但还是晚了，一个浪头罩下来，一下子就把母亲卷走了。

六和万分悲痛，接着，悲痛化为怒火，他跑到江边的月轮山上，拿起一块石头使劲丢进江里，他发誓要学精卫填海，把钱塘江给填平，让潮水永远不能祸害人！此后，他每天站在山上投石镇江。

过了七七四十九天，落进钱塘江的石头已经在龙宫门口堆成了小山，石块也砸坏了龙宫的大门，震得水晶宫摇晃不定。龙王吓坏了，只好带着虾兵蟹将，出来与六和谈判，只要六和停止丢石头，可以给他数不尽的金

钱氏捍海塘遗迹

银。六和"呸"了一声，说不要金银，只要龙王答应他
两个条件：第一，要放回他的母亲；第二，潮水要规规
矩矩顺着河道走，只能涨到这座小山为止。龙王无可奈
何，只得答应。从此，钱塘江潮水不再泛滥。人们为了
感激六和制服龙王，就在他投石的小山上建了一座塔，
并以他的名字来命名。

　　不论是渔童镇江，还是钱弘俶建塔，都是与钱塘江
潮的一种抗争，而钱王射潮，更是这抗争史上的一次高
潮。

小链接：

　　为防止江潮冲击，钱镠于后梁开平四年（910）采用"竹笼木桩法"，自月轮山（今六和塔所在）起至艮山门沿钱塘江筑捍海塘，以防钱塘海潮的侵袭，世称"钱氏捍海塘"或"钱氏石塘"。海塘全长338, 593丈（约1, 128, 643米），工程浩大。宋代文天祥赞道："筑塘射潮，非止一时之保安，实有千年之功德，洵堪百世之模楷。"

吴山酥油饼：寿州、汴州、杭州，
宋朝"网红美食"的传播路线

吴山酥油饼在宋代的受欢迎程度，无异于现在的网红美食。不过吴山酥油饼的起源，却要从安徽淮河边的寿县（古寿州）说起。

站在寿州城墙上的赵匡胤，望着城外黑压压的叛军，长长地叹了口气，他真后悔不该草率地离开京城，来寿州"度假"！

事情的起因是这样的。有一次，赵匡胤喝醉了酒，错杀了郑恩的独生子郑英。想当年，柴荣、赵匡胤、郑恩桃园结义，三兄弟不是亲生胜似亲生，感情那叫一个好。只是时过境迁，大哥柴荣死后，赵匡胤被手下黄袍加身，半推半就接管了柴氏的江山，虽然三弟郑恩这些年来一直伴随着他南征北战出生入死，可万一有人也硬要给郑恩黄袍加身……这始终是赵匡胤心里的一个疙瘩。再加上郑恩这个人性格耿直，不拘小节，赵匡胤当了皇帝后，他还是"二哥、二哥"地挂在嘴上，非常不识时务。所以，赵匡胤杀郑英到底是错杀还是有意要给郑恩一个下马威，还真不好说。不过不管是哪种情况，杀了功臣之子，赵匡胤毕竟很过意不去，因此好长一段日子闷闷不乐、茶饭不思。皇后见他这样，还以为习惯了马上点兵的赵匡

宋太祖赵匡胤像

胤在皇宫里待久了闷出病来了,便提议说:"陛下,您不如出去逛逛,散散心。"

赵匡胤想想也对,如今天下大定,也不用老在皇宫里待着了。于是把朝中大事交给宰相代管,自己只带了五千御林军,来到曾经属于南唐的寿州消愁解闷。赵匡胤为什么选择去寿州?可能和他"怀旧"的心情有关。这是他第三次"光临"寿州,第一次来时,他的身份还是后周大将,在后周与南唐的战争中,他在寿州地区指挥作战三年多,立下赫赫军功。战争结束后,赵匡胤就被提拔为殿前都点检,也就是后周的禁军司令。

没想到赵匡胤到寿州还没来得及好好游览一番,一个噩耗传来:久有谋反之心的浩王孙二虎突然发难,领兵把寿州城团团围住。寿州地方不大,军力薄弱,即使加上赵匡胤的五千御林军,杀退叛军也基本上是不可能的事。

赵匡胤又惊又怒,也顾不得皇帝的形象,破口大骂:

"好你个孙二虎，土匪本性难改，朕见你作战勇敢，屡建战功，特封你为浩王，谁知你暴虐成性，常常残害无辜百姓，朕为此惩罚你，你表面应承，实则怀恨在心，图谋不轨！"

这时，赵匡胤手下的副将曹彪开口了："陛下，叛军人多势众，但要破城而入，也绝非易事，暂时不用太过担心。不如我带一小队人马突出重围，回京搬兵救驾。"

赵匡胤被属下的勇敢无畏感动了，亲自为曹彪整了整战甲："那就拜托将军了！"

曹彪得令而去，带着二十名精兵，借着夜色，浴血奋战，一路杀出重围，朝京城方向策马疾驰。

再说寿州城里，坚固的城墙虽然暂时把叛军挡在了城外，可是，事发突然，城中粮草不济，士兵们连顿饱饭都吃不上，士气低落。赵匡胤每天都要爬上城墙向北张望，盼着曹彪能早日带着救兵杀回来。

这天，赵匡胤又一次来到城墙上，他没看到救兵，却看到好几个老百姓挑着竹筐来到城垛处，从筐里取出一个个状如窝窝头的黄色吃食，送到守城的士兵手中。士兵们欣喜地接过食物，马上放入口中，大快朵颐起来。

"这是怎么回事？"赵匡胤好奇地问。

寿州知州回道："陛下，这是城中百姓自发给士兵们派送油酥饼，他们家中也没有多少余粮，但仍倾尽所有，誓与寿州将士共患难。"

赵匡胤心中感动，说要尝一尝这油酥饼。知州为难地说："陛下，这饼是用栗子面油炸而成，虽然色泽金黄，但味道并不可口。"但赵匡胤依然坚持，知州只得将油酥饼取来，交到皇帝手中。赵匡胤细看这油酥饼，外皮有数道花酥层层叠起，金丝条条分明，中间如急流旋涡状，他张嘴咬了一口，细细品味，感叹道："这不是油酥饼，而是救驾饼啊！"接着，他转身对知州道："从今天起，把朕的饭菜免去，朕要和将士们一起吃这救驾饼！"听了这话，城墙上的士兵和百姓士气大振，同声高呼"万岁万岁万万岁"。此后，人们就将这饼叫作"大救驾"。

不多日，曹彬带着三万救兵赶到，城内的将士也冲杀出来，里应外合，杀得叛军丢盔弃甲。赵匡胤转危为安，顺利回到京师。庆功宴上，赵匡胤想起寿州城百姓慷慨送粮之事，特意吩咐御膳房做了一些"大救驾"，让在座的文武大臣品尝。

不久，"大救驾"从宫廷传入民间，做法、材料上也有了改进，味道大大提升。人们听说此饼在皇上落难时立了大功，自然非常喜欢，因此汴州城里到处都有售卖，"大救驾"成了一款"网红美食"。赵匡胤听说此事，非常高兴，不过觉得"大救驾"这个名字不能随便乱叫，于是下旨改名"酥油饼"。

汴州作为首都，流行的食物、妆容、服饰等，其他地方的人自然会跟风操作。因此"酥油饼"也渐渐从汴州红到了杭州。

苏东坡是北宋著名文人，也是个热衷美食的"吃货"，他在杭州当过知州，留下的传说故事一抓一大把，其中就有一个和酥油饼有关。

话说那时候，吴山顶上有一家夫妻点心店，店不大，

吴山三茅观潮　引自明万历陈昌锡刊印彩绘本《湖山胜概》

但夫妻俩手艺出众，而且不惜工本，他们做的油饼香酥味美，人人爱吃，因而生意十分兴隆。

这天，阴雨绵绵，吴山上游客稀少，夫妻俩正打算早点关门，忽见一个大胡子老头披着蓑衣、拄着拐杖走进店来："老板，我在山中转了半日，又累又饿，给我两个油饼垫垫饥吧。"

生意上门，当然就忘了关门的事。老板取了两个油饼递给这老头。老头并不立刻吃，而是又向店里借了一张小竹椅，坐在野花点点的草地前，解下腰间的酒葫芦，一口酒，一口饼，一边俯瞰西湖，一边眺望钱塘江。很快，两只油丝丝、香喷喷、松脆脆的油饼就下了肚。老头吃得高兴，忽然开口吟诵起来："野饮花前百事无，腰间唯系一葫芦。已倾潘子错著水，更觅店家（原诗为'君家'）为甚酥？"

老板没留意，只听清了最后一句"为甚酥"，不由自夸道："这位客官问得好，我这酥油饼的手艺可是京城御厨传出来的，而且用料十足，当然比别家酥香可口了。"

老头就问："那你这饼有何美名？"

老板娘比较谦虚，笑笑说："山野小吃，要什么美名！"

老头起身来到柜台前，看那堆叠在盘中的油饼，只见一层层，一丝丝，就像他身上披的蓑衣一样，便随口道："好个山野小吃，既不要雅名，就叫它'蓑衣饼'吧！"

这时，有人认出这老头的身份，忙向老板夫妇道贺："哎呀，恭喜你们，太守给你们的油饼取名啦！这可是天大的荣耀！"

老板夫妇这才知道，这个大胡子老头原来就是大名鼎鼎的杭州太守苏东坡，忙不迭作揖道谢。此时，雨势已住，天色放晴，苏东坡抖了抖蓑衣上的水滴，大笑着飘然而去，吴山油饼则从此留下了"蓑衣饼"的美名。因为"蓑衣"和"酥油"两字杭州话读音比较相近，而且这饼本身又油又酥，于是渐渐就叫成了"酥油饼"。

事实上，苏东坡的这首诗是在湖北黄州写的，并不是在杭州吃了酥油饼的有感而发。事情是这样的，有一次，谪居黄州的苏东坡到好友何秀才家参加聚会，吃了一种由米粉油炸而成的饼子，身为吃货的他觉得味道不错，就问何秀才这饼叫什么名字。何秀才说它没有名字，苏东坡没听清楚，又问道："为甚酥？"

在座的客人都说："既然它没有名字，那就叫它'为甚酥'好了。"

某日，苏东坡外出郊游，也不知看到了什么，触动了哪根神经，忽然想起吃油饼的事来，就写了那首诗给何秀才。而何秀才家油饼的做法，也随着这首诗在当地传开了。

再说回吴山酥油饼，为什么起于寿州、红于汴州的油饼成了杭州的名小吃呢？这和南宋定都临安（杭州）有关。

靖康之难后，北宋灭亡，从皇室成员到高官名士，

酥油饼

包括不少普通百姓都逃往南方，其中就包括不少会做"大救驾"的手艺人。南宋定都后，这些人也跟着朝廷来到杭州安家。他们以原有的制作技艺为基础，做了适合南方人口味的改进，为当地的一些茶楼酒肆制作各色茶点，其中当然少不了"大救驾"这款曾经的网红美食。不过，皇帝都被金兵掳去了，所以这油饼也不好意思叫"大救驾"了，而被叫作"酥油饼"。

清代小说家吴敬梓的《儒林外史》中，记述吴山酥油饼曾为儒林学士们解馋饱腹，深得好评。和吴敬梓同时代的袁枚所撰的《随园食单》中，留有大量苏杭点心的记载，其中的蓑衣饼，与如今吴山酥油饼的做法十分相似。

现代文化名人朱自清到杭州时，常常光顾吴山四景园茶楼，喝喝茶，吃吃酥油饼，好不惬意。文化名人毕竟不同于普通游客，朱自清吃酥油饼吃出了灵感，他在为俞平伯著的《燕知草》作序时，称俞平伯的文章写得好，还用四景园的酥油饼来打比方。

如今，游客们登临吴山，或游览河坊街时，必定要趁机尝一尝吴山酥油饼的美味，吃完了还要买几盒带回去，作为馈赠亲朋好友的礼物，再把吃饼的照片往朋友圈里一发，吴山酥油饼这下可成了真正的"网红"了。

小链接：

吴山酥油饼是河坊街上最著名的小吃之一。此饼色泽金黄，层酥叠起，上尖下圆，好像一座金山，吃起来脆而不碎，油而不腻，入口即酥，号称"吴山第一点"。

济公：最“不正经”的
得道高僧

南宋某年的六月二十三，暑热难当，南屏山里的知了都热得没力气叫了，可是，到净慈寺烧香的善男信女依然络绎不绝。毕竟是西湖边的著名古刹，再热的天气，也无法阻挡虔诚的香客。

转眼到了中午时分，太阳更毒辣了。这时，门外又来了一个香客。这是一个二十出头的漂亮姑娘，穿了一身红绸衣裙，两片嘴唇涂得红艳艳的，一双眼睛却漆黑明亮。天气这么热，姑娘却是一点儿汗也没有。只见她轻提裙摆，右腿略抬，眼看着就要跨过门槛。

就在这时，一个灰色的身影从斜旁飞出，一下子挡在了红衣女子跟前。那女子吃了一惊，下意识往后退了一步，这才看清拦住自己的是一个穿着破衣烂衫的瘦和尚，手持一把破蒲扇，腰间还挂着个油光光的酒葫芦。

和尚张开双臂挡住庙门，斜睨着醉眼：“你，不许进。”

红衣女子强笑一下：“这位师傅，净慈寺远近闻名，各地来的香客每日络绎不绝，从没听说不让人进门的。为何偏偏不让我进？”

净慈寺旧影

和尚嘻嘻一笑，但是态度坚决："就是不许你进。"

庙门宽大，那女子也懒得跟他废话，猫着身子往东钻，谁知这和尚脚下灵活，一下子挡在东面；女子赶紧往西钻，那和尚又挡在了西面。这两人在庙门前老鹰捉小鸡似地来回了好一阵子，红衣女子面红耳赤，气喘吁吁，也不知道是累的还是气的。旁边看热闹的香客都围拢过来，忍不住指指点点，哄笑着说，从没见过这么不正经的和尚，这不是当众调戏妇女吗？

吵闹声传到方丈耳中，他赶紧拄着拐棍从内堂赶出来。一看这副光景，也顾不得出家人的风度了，气得大叫："道济，你太不像话了，快让这位女施主进来！"

看热闹的香客们恍然大悟，原来这个不正经的和尚就是传说中的道济啊，因为此人平素疯疯癫癫，大家都叫他济颠。早就听说他行事乖张，言语荒唐，前些年他在灵隐寺修行的时候，还抢过人家的新娘子呢！看客中也有比较明事理的，出来解释道："这济颠看似不正经，其实修为很深，他抢新娘也是为了救人，事情是这样子的……"说着，这人讲起了"飞来峰"的故事。

这一天，济颠算出有一座小山峰会从远处飞来，落地之处刚好是个小村庄。为了提醒村民及时撤离，他磨

〔明〕宋懋晋
《西湖胜迹·飞
来峰》

破了嘴皮子，可愣是没人相信他。眼看山峰就要飞来了，正巧村里有一户人家娶亲，济颠情急之下，闯进客堂，背起正要拜堂的新娘就跑。和尚抢亲，这还了得！村民们群情激奋，全村老老少少都抄起家伙追打济颠。就在众人追赶得起劲时，突然之间，飞沙走石，天昏地暗，等一切平息之后，人们惊愕地发现，曾经是村子的地方，此刻被一座山峰取而代之，要不是他们及时逃离，肯定都被压成肉饼了。人们这才明白济颠是为了救大家才抢新娘，心怀感恩的他们便尊称他为"济公"。

大家听完了飞来峰的故事，都啧啧称奇，想看看济颠今天又会干出什么怪事来。

虽然被师父呵斥，但济颠还是没有让红衣女子进门的意思，反而扭过头问老方丈："师父啊，你说说看，是有寺好还是没寺好？"

老方丈想当然地回答："出家人多一事不如少一事，当然是'没事'好喽！"——南方人平舌音翘舌音不分，从这件事上就能看出来了。

济颠叹了口气："师父啊，等到'没有寺'了，你可不要后悔哦！"说完，双臂垂下，踩着一双破僧鞋，转身走了。

没了阻挡，红衣女子冷笑一声，施施然走进了庙堂，只片刻就不见了踪影。

看热闹的香客们也各自散去，有的去烧香，有的去求签，忽然，大殿中有人大喊："哎呀不好，着火啦！"原来，有只红蜘蛛从正梁上挂下来，不偏不斜，正好落在点着的烛火上，顿时烛火四射，火舌舔着帷幔，大殿

济颠禅师石刻像 引自《净慈寺志》

里顿时燃起熊熊大火。风助火势，火借风威，霎时间就把个金碧辉煌的净慈寺烧成了一片火海。

香客跟和尚东逃西躲没处藏身，有人眼尖，发现殿后有一间柴房没烧着，于是众人都朝那里奔去。推开门一看，只见济颠躺在草堆上睡得正香。大家七手八脚地将他推醒，济颠揉揉眼睛，伸个懒腰："何人扰我清梦？"

老方丈一肚子火，说庙都烧光了，你还在这里睡大觉。济颠叹了口气："师父，是你说'没有寺'好啊。"见方丈发愣，济颠这才把事情原委说了出来。原来，刚才那个红衣女子是火神变化的，她进门就是想火烧净慈寺，济颠想将她拦在门外，谁料却被方丈打断："只要我把她挡到过了午时三刻，她就没办法施法了。"

老方丈听了直拍大腿："这么重要的事，你为何不早说？"济颠一叹，天机不可泄露，有些事情是不能说得太直白的呀。

眼看寺院尽毁，老方丈后悔不已，要知道，这净慈寺是吴越国国王钱弘俶在公元954年为高僧永明禅师而建的，原名永明禅院，历经两百多年，是江南禅院"五山"之一，庙里还有宋真宗特赐的佛像。如今毁于一旦，他作为方丈，难辞其咎。

济颠收敛了惯有的笑容，正色道："师父，别忘了成坏相寻。"

所谓"成坏相寻"是佛教"六相"教义，指"成"和"坏"是常常互相转换变化的，和老子所说"祸兮福所倚，福兮祸所伏"是一个道理。老方丈闻言心中一动，捏紧手里的佛珠，语声沉敛道："没错，只要众弟子齐心协力，没寺也可以变有寺。"

济颠微笑不语，知道师父这是决心重建净慈寺呢。重修寺庙，需要一大笔资金，这事儿倒不算太难。惊闻净慈寺大火的消息，人们无不叹息，就连宋孝宗也被惊动了，从内帑（皇帝的小金库）拨了笔款子用于重建寺庙。皇帝带头，其他善男信女自然也纷纷响应。资金到位，净慈寺的重建工作很快就开展起来。

可是，工程只进行到一半就不得不停工了。原来是木料不够了。老方丈跑遍了临安以及附近各地，但最近市场上木料奇缺，就算花高价也买不到。这天晚上，老方丈找到济颠，语重心长地说："徒弟啊，我知道你本事大，募化木料这个艰巨的任务就交给你了。"

济颠听了，笃定地说："师父，你放心，一切都包在我身上。三天后，我一定带着木料回来。"说着，转身飘然而去。

济颠这一走，走得还真够远的。这天，四川一户大乡绅的门口，响起一阵木鱼声。乡绅听木鱼响个不停，出门来看，原来是个穿得破破烂烂的和尚。乡绅心想这和尚肯定是要化缘，于是叫下人去准备素菜。谁知和尚嘻嘻一笑，说："老爷，我不要饭菜。我知道你是当地有名的木材商，后山整座山的大木都是你的，所以我特意从杭州赶来向你募化一些木料，好重修被烧毁的净慈寺。"

那乡绅虽然远在蜀地，但是净慈寺毕竟是天子脚下的知名古刹，因此也听说过大名，得知寺庙被烧毁了，既可惜又同情，便问济颠要多少木料。济颠指指身上那件破得像丝瓜筋一般的袈裟，说："袈裟盖，袈裟包，盖住包住就够了。"

乡绅听了大笑："你这个疯和尚，这件袈裟连根树丫儿也包不了，你还是多要一些吧。"

济颠摇摇头，肯定地说："就这些已经足够了。"

"好，那你就去包吧。"乡绅摆摆手，由他去了。

济颠道声谢，从身上脱下袈裟，朝后山抛去。只见那袈裟随风长，随风大，一下子把整个山头都罩住了。乡绅惊得目瞪口呆，原来疯和尚深藏不露，是个神仙啊！既然答应他了，也不好反悔，这一山的木料就当做了件善事，给自己积德吧。

不过济颠也没那么贪心，虽然袈裟盖住了整座山的树木，但他只挑选了其中一百株大树，砍下后扎成木筏，顺着长江水放到东海，再漂进钱塘江。眼看就进杭州城了，谁知江上把关卡的小吏见了，拦住木筏要抽税。

济颠气不过，说："这钱塘江又不是你家的，凭什么要抽我的税？"

小吏嘿嘿冷笑："和尚呀，这山是皇上的山，水是皇上的水，随便什么货物经过水面上都规定要抽税。"

济颠听了，哈哈笑了起来，说："有道理有道理。不过我要问你，从水面上过要抽税，那么从水底下过要不要抽税呢？"小吏被这疯话逗乐了，笑着说："和尚，木头只会浮不能沉，你若有本事叫木头沉到水底去，我就不抽你的税！"

结果可想而知，济颠一做法，原本漂浮在水面上的木筏忽然往下沉，只片刻工夫，就连人带木筏一齐沉到江底去了，把那小吏吓得目瞪口呆，哪里还想得起要抽税。

再说净慈寺里，眼看三天期限到了，既不见木头，也不见济颠。老方丈等得着急，在工地上不停地踱步。突然，一把熟悉的声音传入耳中："木头到啦！木头到啦！"只见济颠急匆匆跑来，不由分说拉起方丈就走。两人三脚两步跑到庙里那口"醒心井"旁边，老方丈朝井内一看，只见一根又粗又大的木头，正从水底往上冒呢！方丈大喜，赶紧召集弟子，在井上搭架子，安上辘轳吊木头。

吊呀，吊呀，吊起一根又一根，整整吊了两天，一直吊到第九十九根大木头时，不知是哪一个木匠喊了声：

运木古井

"够啦！"被他这么一喊，井里的那根木头顿时定住了一般，再也吊不上来了。

结果，到净慈寺大殿上梁时，少一根正梁，大家量来算去，竟然就是井里这根最合适。但合适也没办法啊，吊不上来。这尴尬事最后还得由济颠出面摆平——他用刨花和木屑变出了正梁。

重建后的净慈寺，金碧辉煌，庄严华丽。"醒心井"因为曾经运过木头，人们便叫它"运木古井"。那根吊不上来的木头，一直搁在井里头，现在还能看到呢。

火神烧毁净慈寺虽然是个传说，但历史上，南宋时净慈寺确实是几经毁建。淳熙十四年（1187）被烧过一次，嘉泰四年（1204）又起了大火，就连住持德辉禅师也因烧伤而圆寂。寺院被毁后，德辉的弟子道济立誓重建寺院。而这个道济，正是济公的原型。

小链接：

济公是南宋禅宗高僧，法名道济。他出生在浙江天台永宁村，18 岁出家，最早进国清寺拜法空一本为师，后来又进杭州灵隐寺修行，接着又投净慈寺德辉禅师门下。有关"活佛"济公的传说故事，在南宋时就已开始流传。其中以"飞来峰""古井运木""戏弄秦相府"等故事最为脍炙人口。曾经大热的电视剧《济公》就是以这些传说故事为蓝本创作的。

发明葱包桧的人是
宋代的"键盘侠"

　　主帅营帐中，烛火不安地跳动，在岳飞的脸上投下一道长长的阴影。桌上，十二道急命回军的金牌赫然在目。这位在宋金战场上所向披靡的大英雄，此刻眼含愤慨却满脸无奈："十年之功，都将废于一旦！所得诸郡，只怕一朝全休！社稷江山，难以中兴！乾坤世界，无由再复！"说罢，他重重一拳砸在桌上。那桌子不堪这神力一击，顿时倾翻，十二道金牌散落一地……

民族英雄岳飞

第二天原本打算"直捣黄龙"的岳家军，在宋高宗赵构的一次次催逼下，不得不班师回朝。久久渴望王师北定中原的父老兄弟，得知消息后纷纷赶来，拦道恸哭。岳飞紧咬钢牙，纵然是铮铮铁骨，此刻也不由得潮湿了眼睛。他知道，自己一走，这里的百姓很可能又要遭受金兵的蹂躏，而自己，恐怕也难再有收拾旧山河的机会了。

果然，岳飞一回到临安，就像一只自投罗网的飞鸟，落入了秦桧、张俊等人布置的罗网。绍兴十一年（1141），岳飞被判以"谋反"的罪名，关进了临安大理寺（原址在今杭州小车桥附近）。刑审、拷打、逼供……岳飞都咬牙扛了下来，秦桧等人得不到任何实质性的证据。不过，当坏人要陷害你时，一句"莫须有"就足够了。这一年的农历除夕，爆竹声声，百姓们欢度节日，他们哪里想得到，在这喜悦热闹的氛围里，大理寺内却是另一幅凄惨的光景——年仅39岁的岳飞，被赵构"特赐死"，一代名将，含冤而死。临死前，岳飞仍然不肯画押，而是写下"天日昭昭，天日昭昭"八个大字，这是他无声的悲愤的呼喊。

俗话说，公道自在人心。岳飞被害后，南宋的老百姓都为他叫屈，尤其是对一手主导陷害岳飞的秦桧，更是恨之入骨。酒楼茶馆，街头巷尾，大家都在谈论此事。只是，秦桧是朝廷的重臣，老百姓虽然对他恨得咬牙切齿，也只敢怒不敢言，暗地里唾上几口而已。

现在有一个热门网络词叫"键盘侠"，指部分在现实生活中胆小怕事，却在网上占据道德高点发表"个人正义感"和"个人评论"的人群。这个词多少带点儿贬义。但是，如果把时间推移到奸臣当道的当时，百姓为了自保，只得过过嘴瘾、暗暗咒骂，也是情有可原的。此中，还不经意产生了一道著名的杭州民间小吃——葱包桧儿。

岳飞墓

在临安众安桥附近，有两家点心店：一家是卖芝麻烧饼的，店主叫王二；另一家是卖油炸糯米团的，店主叫李四。这两人也没读过什么书，但都是肝胆热血之人。这一天，忙完早市，得了闲暇，两人就坐在树荫下聊天。聊着聊着，就说到了秦桧害死岳飞这件事情，两人越说越生气。

"嘴炮"已经无法满足王二了，他从自己的摊位上拿起一个发酵面团，随手捏了两个面人，又手起刀落，在每个面人的脖子上都划了一刀："这两个就是秦桧和他老婆王氏！"李四一看，也来劲了，把两个面人背对背地粘在一起，丢进自家的油锅里炸，一边炸还一边招呼大家："快来看'油炸桧'啊，快来看啊！"

街上的人听到了，纷纷过来看热闹，只见两个面人被热油炸得滋滋作响，都快炸焦了。大家心里其实也都明白是怎么回事，就跟着李四一块儿喊起来："'油炸桧'，炸得好，炸得妙！把它炸焦炸黑！"岳飞惨死，众人啥也不能做，那就骂骂恶人，出口恶气吧！

这个时候，正好有一顶八抬大轿神气活现地经过此地，轿子里坐的不是别人，正是刚刚下了早朝的秦桧。耳朵里飘进"油炸桧"几个字，对自己名字特别敏感的他立刻喝令随从："停轿！快，去看看何人在街市上喧哗，带来我瞧！"

随从们拥到点心摊前，驱散了看热闹的人，把"始作俑者"王二和李四给拖到了轿子前，还把油锅里的面人也捞了出来。

秦桧看到那已经炸得焦黑的面人，气得胡子都竖起来了，大喝一声："大胆刁民，竟然敢直呼朝廷命官名讳，狗胆包天！"

王二、李四倒也胆大，他们面不改色地回道："冤枉啊大人，我们哪敢直呼您的姓名，我们都是做小吃生意的，说的当然是火字旁烩面、烩饼的'烩'！"

旁边的老百姓也纷纷附和。秦桧哼了一声，又说："炸得焦黑，这东西怎么吃？分明是故意闹事！"

"谁说不能吃！"王二说着，抓起面人就咬了一口，李四也接过去咬一口。两人用力咀嚼，"嘎吱嘎吱"好像在嚼谁的骨头。秦桧看得心惊胆战，灰溜溜地走了。看到秦桧当众"吃瘪"，百姓们都感觉痛快极了，从此以后每天都要吃油炸桧。当然，掌握好火候，不要炸焦，这油炸桧的味道还真不错呢！王二、李四两人的生意越做越好，不过捏面人太麻烦了，为了方便，他们就把面人改成了长条，两个长条粘在一起，一扭一炸，方便快捷，这就是后来的油条。

有一次，油炸桧炸多了，一下子卖不出去，而油炸桧冷了以后又软又韧，口感不佳，更没人买了。王二望着那些已经变软的油炸桧，忽然灵机一动，把冷油炸桧放在热锅上烤了一会儿，然后又切了点葱段，接着把两者卷入已经抹了甜面酱的春饼里，再用铁板压扁继续烤，直烤到春饼表皮呈金黄色，油炸桧发出吱吱的响声。这时，李四过来了，问他在干嘛。

王二笑着说："我又找到一个办法狠狠虐那大奸臣

秦桧了。将油炸桧包起来再用油烤，叫他永世不得翻身！"说着，就拿压扁了的包着油炸桧的春饼给李四看。

李四拿起来随口一尝，觉得葱香可口，别有一番风味，不由赞道："哎呀，没想到这'葱包桧儿'这么好吃！"于是，就有了这虐秦桧2.0版的"葱包桧儿"。不出意外，这葱包桧儿又成为一道让百姓拍手叫好的流行小吃。

岳飞被杀，其实不只是百姓愤愤不平，就连高宗的生母韦太后，也为此发了一回狠。绍兴十二年（1142）夏，宋、金两国开始履行"绍兴和议"，当年被掳走作为人质的韦太后，终于在被软禁了15年后回归故土。到了临安，韦太后自然是感慨万千，感慨之余，她还特别关切地问了一句："为何不见大小眼将军"（据说岳飞两眼一大一小，故时人称之为'大小眼将军'）？"当听说"岳飞死狱矣"时，韦太后愤怒至极，把儿子宋高宗狠狠骂了一顿，气得她太后也不想当，要去出家。高宗赵构只得苦苦哀求，韦太后才不得不作罢。

葱包桧儿

绍兴三十二年（1162），宋高宗禅位于太子赵昚（宋孝宗），当了太上皇。想有一番作为的孝宗，一上台就为岳飞平反。他不仅追封了岳飞父子的官爵，将葬于北山之麓的岳飞父子改葬于西湖栖霞岭南麓的"褒忠衍福禅寺"（因岳飞追封鄂王，百姓都称其为岳王庙，如今岳飞墓是国家重点文物保护单位），还撤销了秦桧的爵位，并赐号"谬丑"。岳飞在天有灵，不知能否瞑目。

再说当年他遇害的风波亭旁，有一棵枝叶繁茂、气势非凡的大柏树。自从岳飞被害死之后，这棵大柏树不知何故竟然慢慢地枯死了，只剩下高塔似的树干，屹立在风波亭旁边，稳如泰山。

时光匆匆，朝代更迭。传说有一年，太平军攻下杭州城，就把营盘驻扎在里西湖的岳王庙前面。当时正是夏秋之交，太平军里有许多士兵忽然生起病来，头昏脑涨，浑身无力，普通的药吃了，一点儿也不见效。

这天，住在岳王庙旁的一个老头，拄着拐杖来找太平军的统帅。老人说，曾经有人用风波亭的柏树皮治好过这种病，不妨一试。统帅也没其他法子，心想试一试又不要紧，于是带了个亲兵，找到风波亭旧址，果然看到一根坚硬、高大的柏树干儿立在那里。统帅拿小刀小心翼翼地刮取了一些柏树皮，回到营盘，煎了汤，叫来两三个生病的士兵，各人先试吃一小盅。没想到第二天他们的病就好了。统帅大喜，如法炮制，治好了其余士兵。他十分珍惜这根柏树干儿，下令给地方官，要像保护岳王庙一样，把柏树干儿保护好，不得有半点损坏。

可是，过了一年，太平军败退出杭州，清兵重回城中。也不知怎么回事，这一次轮到清兵生同样的病了。军中的一个武官听说去年太平军生这病是用风波亭旁的柏树

《精忠柏图》碑

皮治好的，于是也派人去剥了许多柏树皮回来，熬了几锅汤，叫每个士兵都喝一大碗。有病治病，没病预防。

谁知这浓汤一喝可不得了，没病的病倒了，有病的病情更加危急，把那武官气得浑身乱颤，当即下令把这根柏树干儿烧掉。可是，不论怎么点火，这树干就是烧不起来，还闪出黑亮黑亮的光泽，敲之有金石之声。那武官见烧不掉，便命人用大石头把它击毁。那柏树干再坚硬，也抵不住如此锤击，最终碎成了七八段，狼藉在地上。武官见状，才骂骂咧咧地离开。

等清兵走后，附近的老百姓实在心疼，趁着黑夜，悄悄地把这七八段柏树段收藏起来。又过了许多年，有人在岳王庙里造了一座小亭子，把这些柏树段移到小亭子里放着，供人观赏。因为这柏树是岳飞死后才枯萎的，后来又宁断不屈，如同岳飞一样坚贞，所以人们就称它为"精忠柏"；这个亭子，就叫"精忠柏亭"。

小链接：

去过岳王庙的人都知道，那里有作反剪双手状、跪在墓前的秦桧、王氏、万俟卨和张俊的"四奸"铸像。这"四奸"像并不是从一开始就有的，而且还是分批铸造的。

明弘治年间（1488—1505），浙江按察使周木重修岳飞墓，同时铸了秦桧夫妇的铁像。这是"四奸"像的首次铸造。正德八年（1513），浙江都指挥李隆进行了第二次铸像，添了直接造成岳飞冤案的万俟卨。明万历二十二年（1594），浙江按察副使范涞第三次重铸铁跪像，又增添了张俊的像，"四奸"自此无一漏网。

万松书院：《梁祝》传说与
知名学府的完美平衡

按现在的话来说，祝英台是个女权主义者，因为她一生都在捍卫自己教育、恋爱、婚姻的自由。

祝英台出身于绍兴上虞祝家庄一户殷实人家，从小就聪慧过人，不过，按照当时"女子无才便是德"的风气，她顶多在自己家看看书，写写字，想要外出深造，那是不可能的。然而，祝英台一心想要去省城最顶级的"高校"——万松书院读书，为此和父亲祝员外"交涉"多次，都以失败告终。

这天，一个风度翩翩的年轻书生登门拜访，祝员外和这人寒暄一番后，觉得这年轻人谈吐不凡，但实在想不起来是哪一门亲戚朋友，便问对方姓名。话一出口，年轻书生却扑哧一声笑了起来，接着，摘下帽子，一头乌黑的长发如瀑布倾泻，竟然是祝英台。

在老父亲还没来得及发火前，英台赶紧解释自己女扮男装的缘由："爹呀，你说我如果是男孩子，肯定会让我去杭州。我现在不就是'男'的了吗？我这样打扮，连你也认不出，别人肯定不会识破的。就让我去吧！"

　　祝员外一开始怎么也不同意，后来实在拗不过女儿的软磨硬泡，只得答应下来。就这样，祝英台带着同样女扮男装的丫鬟银心，踏上了北上杭州的路。

　　水陆兼程，一路顺风，这天，两人来到杭州城东草桥门外的草桥亭。杭州古有十座城门，这草桥门在宋朝时叫作"新门"；元末，城墙改筑后又改称"永昌门"；到了清康熙五年（1666），又改为望江门，不过因为城门东面的城河上有一座草桥，因此又叫作"草桥门"。先不管城门名称怎么改来改去，总之，祝英台在这里遇到了一个改变她一生命运的人——梁山伯。

　　梁山伯是绍兴会稽县的一个穷书生，敦厚温和，稍有点木讷，但眼神里透着真诚。他此行和祝英台的目的地一样——万松书院。这样的巧合自然让两个年轻人欣喜万分，当下就打破了初见的尴尬，热络地聊起天来。

　　休息得差不多了，银心想催祝英台赶路，一时口误，"小姐"二字脱口而出。幸亏祝英台脑筋转得快，忙打断道："小姐好端端在家里，你唤她做什么？"不等银心回答，祝英台又转过头对梁山伯说："我家中有个九妹，见我出门读书很羡慕，也想到杭州城求学，无奈爹爹顽固，死活不让她出来，九妹只好留在家中。"

　　梁山伯听后感慨道："世间不许女子读书，这实在不公平。其实男子女子都一样，让女儿读书明理，也是天经地义。"

　　祝英台听了这话，心弦一颤：他竟然肯为女子抱不平，这样的男子实在太少见了。想到这里，她朝梁山伯深深作了一揖，说两人既然同路，说话又如此投机，肯定是缘分注定，不如结拜为"兄弟"吧！梁山伯自然不会反对。

就这样，两人插柳为香，互相拜了八拜，结为异姓兄弟。《梁祝》故事里的草桥结拜章节，就此书写完毕。

接下来便是万松书院的同窗情了。杭州这座顶级高校的前身，是佛门的报恩寺，它地处西湖南面，在凤凰山北坡、万松岭路中段的山林深处，始建于唐朝，白居易、苏东坡都来过这里，还留下了诗篇。明弘治十一年（1498），浙江右参政周木改辟为万松书院，书院名气越来越大，著名的理学家王阳明都在这里当过"客座教授"。到了清代，康熙皇帝为书院题写"浙水敷文"匾额，所以这里也叫"敷文书院"。

山风起处，林涛喧耳；闲云来时，诗韵动情。在这个风景如画、读书氛围浓郁的学院里，祝英台和梁山伯开始了同窗生涯，他们一起读书，一起做功课，就连寝室也是同一间。因为祝英台非常小心谨慎，"伪装"功夫做得到位，观察力不强的老实人梁山伯从未发现异样。

〔明〕孙枝《万松书院图》

晨起夜寐，花前月下，三年时间匆匆而过，两人的学业大有长进，交情也与日俱增。慢慢地，这交情在英台心里似乎有点儿"变质"了。看着梁兄，英台的心跳会突然间加快，莫名地两颊就会飞起红晕。这，难道就是传说中的爱情？

就在此时，一个坏消息从天而降——祝员外病重，希望女儿能早日回家，晚了，就怕见不上最后一面了！天真的祝英台当然不知道，这是父亲思女心切的下下策，她赶紧向书院请了假，准备回家。可是，满腹心事要跟谁讲呢？英台想到了温婉贴心的师娘。她把自己女扮男装求学以及对梁山伯芳心萌动的秘密全说了出来，又掏出一块从小佩戴在身边的玉佩，塞到师娘手中，说："师娘，等我回到上虞，你就替我向梁兄提亲吧。"

师娘眼睛瞪得老大，活了几十年，她还没见过姑娘主动向男孩子提亲这种事。不过，师娘也算是"知识分子"，非常通情达理，震惊过后，她答应了祝英台的请求。

启程在即，梁山伯一早就帮"贤弟"收拾好了行李，说要送"他"一程。两人出了万松书院，沿着凤凰山路，下了万松岭，不知不觉竟然就送了十八里。一路上，祝英台几次三番明示暗示，可不解风情的梁山伯始终体会不到她的心意，祝英台又好气又好笑，嗔骂梁兄是只不折不扣的"呆头鹅"。梁山伯莫名其妙，却不生气，依旧笑盈盈地帮"贤弟"拿行李。

祝英台又说："梁兄，你年纪也不小了，还是孤家寡人一个，我那个九妹和你年龄相当，不如我替你俩做个媒吧。"

梁山伯犹豫了一下，说："多谢贤弟一片好心，只是你家九妹是如何人物，我也不知，冒昧答应，恐怕不太好吧。"这番话也看得出，梁山伯不仅是男女平等的拥趸，而且反对盲婚哑嫁，难怪会博得祝英台的芳心。

"九妹的人品性格和我差不离，就连容貌也很相似呢！你就把她想作是女版的我。"祝英台笑道。

梁山伯果然很认真地在脑海中勾画起"女版贤弟"，当那个形象变得越来越具体后，他粲然一笑："如果人品相貌与贤弟一样，九妹定然是一个聪慧秀美的女子，梁山伯求之不得——只是，梁家穷，祝家富，我怕贫富悬殊，难成婚配。"

祝英台语气坚定："梁兄不要担心，我家九妹不是嫌贫爱富的人。"于是，梁山伯跟祝英台约好，七夕到祝家庄求亲。此时，他们来到了钱塘江边的七甲渡。祝英台登上渡船，依依不舍地向梁兄挥手作别。江风徐徐，吹皱了江水，也吹乱了她少女的心。

赶回家中，祝英台见到生龙活虎的父亲，才知道自己上当了。可是，又怎么能为此责怪爱女心切的父亲呢？但让祝英台无法接受的是，父亲不仅不再让她回万松书院，还答应了邻村马财主的提亲，要将她许配给马财主的儿子马文才。祝英台向父亲道明自己的一颗心已经许给了同窗三年的梁山伯，希望父亲能成全她。祝员外语气森然："婚姻大事，一向是父母之命，媒妁之言，我就知道不该让你去书院，要不然也不会给你机会干出私订终身的丑事！"祝员外决心这次一定要坚持原则、守住底线，不能在女儿的眼泪中妥协。

再说梁山伯回到书院，师娘就把他叫了去，把玉佩交给他："英台临走前把这块玉佩交给我，央求我为你做媒。"

梁山伯满心欢喜："多谢师娘，刚才英台贤弟也亲口跟我提了这事，说要把他家九妹许配给我，让我七夕节去求亲。"

师娘笑着摇摇头："山伯，你真是个书呆子啊，这九妹就是英台呀！"

"什么？"梁山伯脑袋轰然作响。

师娘便把祝英台女扮男装求学的经过简单说了一遍。梁山伯回想方才"十八相送"，一路上祝英台暗藏机锋的那些话，终于恍然大悟。又惊又喜，又怪自己反应太迟钝的梁山伯等不到七夕了，他决定即刻赶往祝家庄，尽早和祝英台相聚。

满怀憧憬的梁山伯，不知道等待自己的是一场注定的心伤。毫不意外地，他提亲被拒，还被羞辱了一番。也不怪祝员外势利眼，在那个时候，门当户对是建立婚姻最基本的条件。而梁山伯和祝英台的感情，就像汪洋中的一叶小舟，随时都会被风暴吞噬。

失魂落魄的梁山伯走到祝家门外，又抬头去看祝家的楼台，却看见祝英台身穿绿色衣裙，正站在阁楼上，流着泪望着他。那一身绿，就像万松书院松柏上的嫩芽，一直绿到梁山伯心中最柔软处。

两个人一个在阁楼上，一个在墙根下，咫尺犹如天涯。泪眼相望，却一句话也说不出来。

突然降临的大喜大悲，将梁山伯彻底击倒了，痛苦万分的他，回到家中，茶饭不思，夜不成寐，不久便病入膏肓。临终前，他交代家人，把他葬在祝家通往马家的路旁，他要陪伴心爱的"贤弟"最后一程。

迎亲那天，花轿队伍一路吹吹打打，喜气洋洋。看热闹的路人哪会知道，被逼上花轿的新娘，一身嫁衣早已被泪水湿透。当众人路过梁山伯坟墓时，突然狂风骤起，吹得轿夫们寸步难行。轿帘也被风卷了起来，透过漫天黄沙，祝英台看到路边一座孤坟，墓碑上赫然刻着梁山伯的姓名。她顿感胸口如遭狠狠一击，痛彻心扉。不顾家人阻挠，祝英台走出花轿，一定要去祭拜梁兄。

她扯下红得刺眼的嫁衣，狠狠丢在地上，走到坟前，双手轻抚冰冷的墓碑，喉头哽咽着一句唤不出声的"梁兄"。此时风停了，却下起了滂沱大雨，电闪雷鸣，只听见"轰隆"一声巨响，墓穴裂开一道缝隙，那一声"梁兄"终于从祝英台口中迸出，几乎同时，她纵身一跃，跳入墓中。

就在祝英台身影消失的那一刻，雨停了，云也散了，红日重现，还映出一道长长的彩虹。一对色彩斑斓的蝴蝶，从梁山伯与祝英台生离死合的坟头翩翩而出，双双对对，不离不弃，飞向遥远的天际。人们都说，这对彩蝶便是梁山伯与祝英台的化身，他们终于能长相厮守了。

1954 年，根据《梁祝》故事改编的电影《梁山伯与祝英台》正式公映。这是中华人民共和国成立后拍摄的第一部彩色电影。当年 5 月的日内瓦国际会议上，中国代表团新闻处举行的电影招待会根据周恩来总理的指示放映了这部中国版的《罗密欧与朱丽叶》。从此，《梁祝》的故事在世界范围内广为传播，堪称影响力最大的中国民间故事。

《印象西湖》中的梁祝表演

　　除了电影，越剧《十八相送》也成为当时国内最流行的唱段之一，人们哼着熟悉的旋律，在杭州城里，追溯梁山伯与祝英台当年走过的万松岭、贴沙河、双照井、观音堂……在这条"爱情之路"上，梁祝的故事在人们的脑海中，更加丰满，更加真实了。

　　小链接：

　　《梁祝》故事最早见于1400多年前南朝的《金楼子》，千百年来，故事经过了不断的修改和再创造。首次将《梁祝》故事与万松书院联系在一起的，是明末清初的著名剧作家李渔。李渔生活在杭州，因此作品中处处突出鲜明的杭州地域特色。他把固有的书院、山川、草桥、长亭等都编织进故事，使得故事特别接地气，增添了传说的感染力。近代的许多与《梁祝》故事有关的电影、电视都是根据这个版本进行改编的。

1958 年冬，当时就读于上海音乐学院的何占豪与陈钢，以越剧《梁祝》中的曲调为素材，综合采用交响乐与我国民间戏曲音乐的表现手法，创作完成小提琴协奏曲《梁祝》，翌年 5 月在上海首演大获成功。当时，年仅 18 岁的俞丽拿担任小提琴独奏，并由此获得终身荣誉。

2002 年重建万松书院时，在专家的指导下，《梁祝》故事不着痕迹地融入景区建设中，平衡了《梁祝》传说与书院文化，从而使两者相互映衬、相得益彰。

"灵隐禅寺"写成"云林禅寺", 难道康熙也曾提笔忘字?

灵隐寺是杭州最古老的名刹之一，至今已有约一千七百年的历史。在灵隐寺天王殿上悬有一块"云林禅寺"的匾额，这四个字笔力遒劲，一看就不是普通人写的。没错，这块匾额正是康熙皇帝的御笔。可是，明明是灵隐寺，为什么康熙写的却是云林寺呢?

清康熙二十八年（1689），康熙皇帝第二次南巡，杭州便是其中一站。皇帝走到哪里，字就题到哪里，就

云林禅寺

算他不想写，别人也会求他留下墨宝，毕竟套路就是如此。这一天，康熙在地方官员的陪同下来到了灵隐寺。

灵隐寺的住持早就听说皇帝要来了，又惊又喜，连忙撞钟击鼓，把全寺的和尚都召集起来，穿上全新袈裟，手持檀香，奏响法器，恭迎皇帝的到来。

排场搞得很隆重，康熙也很开心。住持又当起了导游，带着康熙寺前寺后、山上山下游玩了一番。康熙兴之所至，索性吩咐随从在寺里摆上一席素酒，他要在这里用膳。席间，康熙应该是没少喝，心情大好。住持早就想求一幅皇帝的翰墨，见康熙这么开心，知道时机差不多了，于是在席间跪下磕头，说："皇上，看在灵隐寺大菩萨的面上，替敝寺题块匾额吧。"

其实，康熙早就蠢蠢欲动了，他前几天游览西湖，诗没少作，字也没少写，今日到了灵隐寺，怎么能破例呢？于是，他命随从摆好笔墨，铺好宣纸，提笔运气，"唰唰"几下，便写下了一个"雨"字。写到这里，康熙的笔却忽然停住了。也不知道是酒意催发，还是落笔太快，这个"雨"差不多占了大半个字的位置。要知道，灵的繁体字结构复杂，"雨"字下面有三个"口"和一个"巫"，现在一个"雨"字头便占去了一个字的大半位置，剩下的还怎么写？

重写一张吧，有点打脸，皇帝不要面子的啊？继续写吧，字的结构布局失衡，纸张又不够大。康熙握着笔，捋着胡须，一时没了主意，旁观的人也不敢出声，气氛顿时就有点尴尬了。这时，有个人出来帮皇帝解了围。这人便是康熙身边的大红人高士奇。

高士奇是浙江人，老家在余姚，如今西溪湿地公园里的高庄当年就是他的房产。他本打算退休后隐居西溪，因此不惜花费重金搞装修，也因此，高庄在当时有"西湖诸园小冠"的赞誉。康熙这次南巡，就专门去高庄游览了一番，这绝对是一种莫大的恩宠，也可见他对高士奇有多么宠信了。如今，西溪高庄内的三进厅里，还摆放着康熙与高士奇的塑像，栩栩如生地还原了当年的场景。

再说回故事，这高士奇为了给康熙化解难堪，就偷偷在手掌上写了"雲（云的繁体字）林"二字，然后装作去磨墨，来到康熙身边，摊开手掌……

康熙皇帝那是多么精明的人，眼睛一瞟，就知道接下来的戏要怎么唱了。于是，他再次落笔，唰唰唰，写下了"雲林禅寺"四字。从此，康熙更加器重高士奇，灵隐寺也莫名其妙地挂上了云林禅寺的匾额。

传说故事是这样的，那么，康熙真的是错写了寺名吗？

生于康熙年间的清代文人厉鹗写过《云林寺志》。书中记载，康熙南巡至灵隐寺，一日早晨，在灵隐寺住持谛晖法师的陪同下，康熙登上北高峰，俯瞰灵隐寺，只见古刹笼罩在一片晨雾之中，"山林秀色，香云绕地"，一派云林漠漠的景色。回到山下，谛晖法师请康熙为寺院题字，康熙想起方才所见美景，又记起了唐代大诗人杜甫的"江汉终吾老，云林得尔曹"诗句的典故，于是就写下了"雲林禅寺"四字，根本就不存在什么误题之说。

康熙爱好中华文化，儒学造诣不浅。而作为皇帝，在敕赐题词时，他常喜欢抛开旧称号而赐予新名称，以

灵隐山林山隐寺

显示他的水平和权威，所以才将叫了一千多年的灵隐寺改称为云林寺。不过，老百姓似乎对古刹的旧称更有感情，不仅将"灵隐寺"之名一直叫到今天，还生出康熙写错字的故事来。

可能这样的故事当时流传挺广，刮进了同样喜欢南巡的乾隆皇帝耳朵里。乾隆四十五年（1780）六月，乾隆跟随祖父的脚步来到灵隐寺拈香顶礼，还特意写了一首《驻跸诗》："灵隐易云林，奎章（即皇帝御笔）岁月新。名从工部（指杜甫）借，诗意考功（指宋之问）吟。"这不就是孙子替爷爷澄清吗？——当初我爷爷是故意改"靈隐"为"雲林"，而不是错题！

和康熙一样，乾隆也热衷南巡，不仅在次数上追平爷爷，在江南留下的传说也多得多。这里我们也来说一个乾隆题字的故事。

去过西湖的都知道，那里有一个著名的景点——湖心亭。身处湖心亭，可饱览西湖风光，感受行云流水的美好，西湖十八景的"湖心平眺"指的就是这里。这一年，乾隆南巡，自然少不了游览这一方清碧。面对无边美景，乾隆心情舒畅，大发雅兴，吩咐随从铺好纸笔，他要题字了。

随行的官员们一看皇帝要在湖心亭留下墨宝，都很激动，各个翘首以待，想看看乾隆到底会写什么，是原创一首诗，还是借用古人的佳句？

谁知乾隆先写了"虫"字，然后在字旁点了一点，接着又写了个"二"字，写完这两个字他就把笔放下了，只是拈须笑而不语。这么一来，大伙儿都蒙圈了。"虫二"是啥意思？在场的还有好几位大学士，他们想来想去，也想不出个所以然来。

当年康熙身边有个高士奇，好在如今乾隆身边也有个能读懂他心思的纪晓岚。这位《四库全书》的总纂，机敏多变，才华出众，这时候呵呵一笑，站出来替乾隆解释起来："大家请看，皇上写的，乃是'风月无边'啊！"

众人听罢恍然大悟！原来，繁体字的风是"風"，将"風"和"月"字的边框去掉，"風"无边为"虫"，"月"无边乃"二"，合在一起不就是"虫二"吗？没有了边界，那便是风月无边！乾隆皇帝是玩了一把中国文人最喜欢干的拆字游戏啊。众官员纷纷拍手称妙："西湖美景，风月无边。皇上的妙意，纪大学士的妙解，实在是太妙了！"

就因为这个传说，1980 年，人们在湖心亭岛南的一块太湖石上，摹刻了乾隆御题的"虫二"，俗称"虫二"碑。

康熙和乾隆，这两位皇帝与杭州渊源颇深。爷爷六次南巡到过杭州四次，孙子南巡六次，杭州一次不落。祖孙俩到杭州一共十次，在杭州留下了很多重要的痕迹。除了在各个重要的"旅游景点"留下墨宝，两位皇帝也在无意中成了杭州土特产的推广人。西湖龙井就曾被乾隆点名称赞，还留下了"十八棵御茶"的故事。

也是在乾隆一次南巡的时候。有一天，他微服私访，来到杭州龙井村狮峰山下。这里满山茶树，茵茵无边，有几个茶农正在忙着采茶。龙井茶乾隆当然早就喝过，但这是他第一次看人采摘新茶，不禁越看越有趣。

这时，远远传来一阵悠扬的"采茶山歌"，乾隆虽然听不懂南方话，但觉得曲子非常入耳。于是，他问茶农这歌声是从哪里传来的。

茶农分辨了一下，说："哦，这歌声应该是从胡公庙那儿传来的，离这儿不远，也就两三里地吧。"

于是，照着茶农的指引，乾隆找到了胡公庙，款步走了进去。庙里的当家和尚看到乾隆虽然寻常打扮，但器宇轩昂，知道不是凡人，忙上前迎接，客客气气地带着他去庙前的茶地参观。

胡公庙有十八棵老茶树，这时，几个红衣村女正喜洋洋地从这十八棵茶树上采摘鲜绿的新芽，那优美的采茶歌正是这群采茶女所唱。采茶竟能如此风雅！乾隆不觉心中欢喜，走入茶园中，也学着采起茶来。

十八棵御茶

　　兴致正浓，忽听太监来报："皇上，太后抱恙，请皇上急速回京。"众人这才知道原来眼前的是当今圣上，吓得赶紧跪倒一片。乾隆听说太后病了，心里发急，哪顾得上礼仪小事："都起来都起来，不知者不怪。"说着，随手把掌心里的茶芽往衣服口袋内一揣，日夜兼程返京，回到宫中向太后请安。

　　太后其实没啥大毛病，只是一时肝火上升，双眼红肿，吃东西也没胃口。看到乾隆急匆匆赶回来问安，她心情舒畅，毛病就好了几分，又闻到一股清香，忙问道："皇儿从杭州回来，带来了什么好东西？"乾隆被问得一愣，他以前南巡，确实每次都带着大包小包的礼物回来，但这次走得匆忙，没顾得上准备伴手礼啊。低头仔细闻了闻，好像是有那么一股馥郁清香……"哎呀，我记起来了！"乾隆大笑。原来他在龙井村胡公庙前采的一把茶叶，装在衣服口袋里，几天后已经干燥，发出香味的正是这茶叶。

茶叶都摘来了，太后自然想品尝一下。于是，让宫女把这龙井茶带下去冲泡。不一会儿，茶泡好奉上，清香扑鼻，太后浅饮一口，但觉满口生津，回味甘醇。第二天，眼肿消散，胃口也开了。乾隆大喜，连称杭州龙井茶是灵丹妙药，忙传旨下去，将杭州龙井狮峰山下胡公庙前自己亲手采摘过茶叶的十八棵茶树封为御茶，以后每年专门采制，任太后独享。有了皇帝的推荐，龙井茶的名气自然越来越大，胡公庙的这块"御茶园"也一直保留至今，而且成为一个著名的旅游景点。

小链接：

杭州的灵隐寺始建于东晋咸和三年（328），开山祖师是西印度僧人慧理。传说慧理和尚在小时候曾经得过一场大病，高烧一直不退。有一天，他梦见自己到了一座风景秀美的山中，等梦醒之后，他的病就全部好了，他感觉这是佛在暗示自己应该皈依佛门，于是便落发为僧。之后，他在东晋咸和初云游入浙，来到西湖西北的山前，忽然想起这好像就是他曾经梦见的仙山，便在这里修建寺庙，并取名为"灵隐"。灵隐寺刚建成那会儿，香火并不旺盛，僧人们也很"清闲"。据记载，南朝宋时智一法师住持，法务清淡，有足够的时间来啸聚群猴，自称"猿父"，竟日玩耍。

禹杭，余杭，四千年前
大禹在这里做了什么？

　　中国历史上有那么多位帝王，如果给每个人都做一份履历表，传说中夏朝的第一位帝王大禹的履历，可谓精彩夺目，表格的主要功绩这一栏，让人叹为观止的便是"治水"一项。因为他治理滔天洪水功劳卓著，英明的舜把帝位禅让给他，可见大禹在当时有多么得人心。而杭州余杭的地名由来据传就与大禹有关，现在余杭的禹航路上，还竖立着一座高大的大禹铜像。

大禹像

大禹治水，算是子承父业，在做好传承之外，难能可贵的是他对治水这门"传统技艺"进行了改良。

话说尧帝时期，黄河流域经常发生洪水。为了治理洪水，保护百姓安全和农业生产，尧帝就把各部落的首领召集起来开会，希望大家能推荐一个治水能手，委以治水重任。各位首领围坐在一起商量了许久，最终任务落在了鲧身上。而鲧正是大禹的父亲。

"兵来将挡，水来土掩"，这句俗语也不知道是什么时候出现的，但鲧的做法倒是挺符合这句话的，他觉得既然大水会淹没城池农田，只要建造比洪水更高的堤坝和城墙，把居住区围起来，不就大功告成了吗？于是，他"堤工障水，作三仞之城"，希望能把洪水堵在门外。

然而，一次次建起堤坝和城墙，又一次次被无情的洪水冲毁，鲧还是不能把百姓从水害中解救出来。尧帝是个宽厚的人，他给了鲧九年时间，结果却仍然令人失望。事已至此，要是不惩罚鲧，没办法向天下人交代啊！于是，尧帝将鲧赐死于羽山。

这个时候，舜帝继位。帝王换了一茬，黄河却依然在泛滥。治水工作还是得继续下去。舜得知鲧有一个叫禹的儿子，这些年来一直跟着父亲忙碌在治水工地上，比起其他人，禹的实战经验是非常丰富的。于是，他决定把治理洪水的任务交给禹。

传说有一天夜里，禹的母亲女嬉梦到一个虎鼻隆颡、河目鸟喙的男子，男子对她说："我是上天金星之精，如今天下洪水为害，百姓遭难，我不忍心看生灵涂炭，特下凡治理水患。你与我有缘，我就托生到你腹中吧。"十个月后，禹呱呱坠地。女嬉往褓褓中一看，只见儿子

天目流溪水潺潺

嘴似鸟喙，虎鼻河目，和当初梦境里的男子一模一样。

舜帝应该并不知道禹是金星转世，但事实证明，他的选择非常正确。

父亲的死带给禹的不仅是触动还有启发，他汲取父亲失败的教训，总结多年来治水的经验，把父亲的"围堵障"改为"疏顺导滞"，就是利用水自高向低流的自然趋势，顺地形把壅塞的川流疏通，把洪水引入疏通的河道、洼地或湖泊，然后合通四海，从而平息了水患。

水患消除，百姓们再也不必提心吊胆地躲在高地上，他们迁回肥沃的平原，开垦、耕种，安心地从事农业生产。

在大禹治水的十多年里，余杭便是他亲临之地。那时的浮玉山（天目山）下游全是汪洋大海，如今杭州的南北高峰、临平山、半山等，不过是大海中的几个小岛而已。

当地百姓经常受到大潮和洪水的侵害，苦不堪言。治理好黄河不久，禹便受舜帝指令，前往江南治理水患。

这一天，禹所乘的船到达杭州湾海域，行行停停，眼看天就要黑了，得找个地方歇夜。穿过茫茫的暮色，他依稀看到前方有一个小山尖，于是驾着小船来到山脚下。上岸后，他担心小船被水冲走，便将船反扣在了山尖上。后来，人们便把这座山称为"舟枕山"。

关于舟枕山的具体位置，宋《咸淳临安志》里是这么写的："在县（今余杭区）西北二十五里。高一百七十六丈，周回一十里。山顶有石穴。古老云：禹治水维舟之所。"

到达余杭后，禹每天都在各地观测，为的就是弄清钱塘江水域和南、北、中苕溪水势走向及这一带的地理地貌，以便顺势利导，把浮玉山（天目山）之水引向大海。南、北、中苕溪溪流纵横复杂，要将三溪之水疏导入海，又要防止东面海水倒灌，不仅是个庞大工程，而且难度系数极高。禹被难住了。无奈之下，他在舟枕山设置香案，沐浴焚香，虔诚跪拜，祈求上苍托梦赐教。

也许是心诚则灵，也许是日有所思夜有所梦，禹当晚便做了个梦。梦里，面容慈祥的西天王母娘娘端坐在一片祥云之上，好言宽慰道："你不必着急，明天一早，就有人带着宝物来助你一臂之力了。"

禹一下子惊醒了，只见东方露出鱼肚白，天就快亮了。他回想梦中情景，一切都显得那么真切，心中正狐疑时，却见山脚下颤颤巍巍走来一个白发老太太，面容与梦中所见的西天王母娘娘竟有几分相似。禹赶紧迎了上去。

张大昌《苕溪总汇之图》

老太太见到禹，二话不说，从宽大的袖口内掏出一条金光闪闪的小蛇，笑着对禹说："你不要小瞧这条小金蛇，它可是上天的神龙，能助你规划三溪流向。有了这神物相助，治水必能大功告成。"说罢，老太太把小金蛇交给禹，转身飘然消失在清晨的薄雾中。禹恍然大悟，这是王母娘娘恩赐宝物啊！

禹来到浮玉山下，便把小金蛇从袖口中放了出来。说来也怪，那小蛇迎风就长，只片刻就长成一条丈八长的巨蟒神龙，口吐红信，脑袋扬得高高的，朝禹点了三下头，只见一阵狂风，浮玉山前后出现三条溪流。巨蟒神龙一一游弋，禹便带领手下随这巨蟒神龙所经之处筑堤疏流。

南、北、中苕溪流至余杭地面，巨蟒神龙突然一个转身往北而去，出了余杭地界，三溪也归成一溪，统称为东苕溪。

有了巨蟒神龙的帮助，筑堤工作顺利了不少，但还是会有突发情况。有一次，禹在苕溪边发现了一个极深的地洞，不管用多少土填埋，洞中始终有水不断汹涌而出，将禹修好的堤坝冲毁。大禹非常纳闷，他来到洞口察看，突然瞥见一个满身鳞片的怪物一闪而过。大禹惊魂稍定后，冲着洞口喝道："何方妖孽，快快显形！"话音刚落，一阵腥风从洞中卷出，只见那只长满鳞片的四脚怪物窜出洞口，头上犄角歪斜，原来是一条龙。歪角龙尾巴一掀，洪水就高起几尺，身子一滚，浪头就冲起几丈，玩得十分起劲。

禹认得这是龙王的三太子，想不到跑到这里兴风作浪。他举起宝剑就向歪角龙砍去，金光一闪，歪斜的犄角被削掉了一半。歪角龙吃痛，不敢恋战，赶紧逃入洞中，瞬时不见了踪影。那洞中的水也终于不再向外满溢了。

大禹为了避免歪角龙再次从这个洞里出来，祸害人间，就用两块青石板把洞口封死了，又把自己的宝剑镇在洞口。这样，歪角龙就被镇在洞里，永世走不出来了。你看，同样是龙，巨蟒神龙和歪角龙一个治水有功，一个则兴风作浪，龙和龙的差距就是这么大。

后来巨蟒神龙在治水时牺牲，精魂回归天庭后，被天庭敕封为卫士大神。传说巨蟒神龙牺牲的这天正是农历五月初五，因此，余杭仓前、五常等地必在每年瑞午划龙船纪念它。

控制了水患，禹也没有忘记王母娘娘的大恩，他在舟枕山建了一座娘娘庙，为王母娘娘塑造金身，天天朝拜。这就是余杭舟枕山大禹谷娘娘庙的来历，舟枕山也因此被称为娘娘山。

水患既除，当地百姓自然对禹感恩戴德，为纪念他在此舍舟航登陆，人们就把这个地方叫作"禹杭（古同"航"）"，后来就成了"余杭"。余杭之名在春秋时已见诸史籍，当时的余杭属吴、越领地，战国中期则属于楚国的领土。公元前222年，秦灭楚，在今杭州境内置钱唐、余杭两县，属会稽郡，余杭正式成为一个行政区域。"余"是越地地名常用的说法，根据清代李慈铭《越缦堂日记》："余姚如余暨、余杭之比，皆越之方言……其义无得而详。"

杭州关于禹治水的故事还有很多，何止余杭境内。富阳的馒头山，据说也是禹治水留下的痕迹。传说如今富春江一带在古时也是汪洋一片，禹考察地形后，制定出治理方案如下：切断长山弄，堵住鹿山口，沿汤山岭将水放到东海去。方案通过后，出动了上千人力，日夜挖掘，渐渐挖出一条大河。眼看快要完工了，禹终于得空歇一歇了，他坐在锣鼓山北边，一边休息一边吃馒头。刚咬了一口，突然看到上游有一股暗流转了向，直冲荡荡畈。荡荡畈里有大片良田，这要是被大水淹没，老百姓靠什么生活？禹来不及细想，惊呼"不好"，顺手把馒头抛进水里，并大声喝令："堵住！"说来也怪，暗流被这馒头一堵，马上调头向东流去，直奔大海，成了现在的富春江。大禹抛在江里的馒头，后来变成了一座山，这座山就是场口乡的馒头山。山上还有一个很大的缺口，就是大禹咬过一口留下的痕迹。

小链接：

大禹治水的传说在《山海经·海内经》《史记·夏本纪》《尚书·虞书·益稷》《孟子·滕文公上》《吕氏春秋》《华阳国志·巴志》《庄子·天下篇》等历史文献中均有记载。

除了传说，关于大禹治水的主题画像和塑像也有不少，而这些画像、塑像中的大禹为何手里总是拿着一把"叉子"呢？其实，大禹手里拿的是当时普遍使用的农业生产工具——耒耜。据《易经·系辞下》记载："神农氏作，斫木为耜，揉木为耒，耒耨之利，以教天下，盖取诸益。"可见，这个耒耜最开始的时候就是个木头棒子加上个比较粗的横梁，后面也有石制、青铜制的横梁。先秦以前，耒耜一直都是人们农作的重要工具。它的作用就是用来翻土，跟现在的锄头有异曲同工之妙。

日本茶道再牛，
　　　　也得来径山"寻根"

　　苏东坡是一个很随和的人，不过，随和不代表"好欺负"，遇到看不惯的人或事，文人的笔反击起来可就要让人吃不消了。对此径山寺方丈肯定会举双手赞同，因为他吃过这个哑巴亏呀。一个是大文豪，一个是方外之人，两人怎么有嫌隙了呢？这事儿要从著名的径山茶宴说起。

　　宋代的径山僧人独创了一套径山茶宴，并逐渐将茶宴发展成一套颇为讲究的严格程序和郑重的仪式，吸引各地僧客到此品茗论道，禅茶一味，形成当时最"流行"的高雅风潮。径山寺也成为江南五大禅院之首。

　　苏东坡在杭州任职时，久闻径山寺茶宴大名，一直想去见识见识。千米高的径山，东径通余杭，西径连临安的天目山，占尽了人间风水。但径山离杭州城近百里，在没有汽车的年代，这距离就足以让人发出"诗和远方"的感慨了。

　　这天，春风徐徐，阳光明媚，苏东坡想要亲近禅茶的心弦又被拨动了，正好衙门公务不多，于是他脱下官袍，换上私服，也不带人，独自踏上了去往径山的路。

宋孝宗御题
"径山兴圣万
寿禅寺"碑

　　好不容易上了山，来到心心念念的径山寺，见到了
方丈。苏东坡不想摆官架子，只说自己是普通香客。禅
茶大会上，各种大人物见多了，方丈哪会把这个衣着简朴、
相貌平常的"普通香客"放在眼里，因此举起一根干瘦
的手指，朝椅子微微一指，说一声"坐"，接着又转头
淡淡地吩咐身边的小和尚："茶。"

　　小和尚答应一声，转身备茶去了。

　　苏东坡微微一笑，也不在意，坐下来开始和方丈谈
天说地。这方丈其实也不简单，几句话一说，就意识到
眼前这位客人谈吐非凡，绝不像他自谦的那么"普通"。
正在这时，小和尚端着茶来了，方丈改口了："给这位
先生敬茶。"

接着，他又把苏东坡引至厢房中，客气地说道："请坐。"苏东坡还是不动声色地笑笑，继续和方丈聊天。也不知是有意还是无意，苏东坡忽然"说漏了嘴"，惊闻眼前来客是著名的大诗人苏东坡，又是杭州太守（相当于市长），方丈顿时肃然起敬，连忙行礼说："请上座。"接着把苏东坡让进自己的禅房，并吩咐小和尚："敬香茶！"

苏东坡却起身说："天色不早，香茶就不喝了，这样吧，来一趟径山也不容易，拿纸笔来，我给你们写点东西。"方丈听了大喜，大文豪若能留下墨宝，那可是寺里的荣耀啊。

不一会儿，小和尚取来了笔墨纸砚，苏东坡拿起笔，瞥了一眼满脸期待的方丈，笔若游龙，很快就写下了一副对子：

坐，请坐，请上坐；
茶，敬茶，敬香茶。

此时的方丈，已经羞得满脸通红，抬不起头了。

类似的桥段，还被套用在苏东坡与一个老道身上，故事里的细节有待推敲，但大诗人对径山禅茶的向往是毋庸置疑的。他曾四上径山，并写下"众峰来自天目山，势若骏马奔平川"的诗句。

向往径山的除了苏东坡，还有海外的僧人。南宋端平二年（1235），日本佛教历史上著名的圆尔辨圆禅师到径山寺求学取经。他在径山寺待了三年，离开时，把径山茶也带回去了。他把茶籽播种在家乡今静冈县安倍川，仿照径山茶的碾制方法，生产出"碾茶"，就是后来著名的"宇治末茶"。

二十多年后，日本的南浦绍明禅师也来到中国，他一开始跟随杭州净慈寺的虚堂智愚大师学习佛法。虚堂智愚禅师是南宋著名高僧，曾作为一代人回忆的动画片《聪明的一休》的主人公原型一休和尚，就自称是虚堂禅师的六世徒孙。

后来，虚堂大师奉诏主持径山寺，南浦绍明也就跟着来到径山修学。在径山的五年里，南浦绍明不但勤研佛学，而且认真学习径山茶的栽、制技术和寺院茶宴仪式。回国前，虚堂大师把径山寺的一套台子式末茶道具作为礼物送给徒弟。南浦绍明带着这个茶台子以及大量茶文化典籍踏上归途，回到日本后，他致力于传播径山寺的"点茶法"和"茶宴"礼仪，成为中国茶道在日本的最早传播者。

———

宋代确实是径山寺的巅峰时期，不过，说到径山寺和径山茶的初始，还得往前追溯到唐代。

唐开元二十四年（736），吴郡昆山（今江苏昆山）一位姓朱的书生辞别家人，踏上了进京赶考之路。当他路过镇江的时候，听闻鹤林禅院的元素禅师佛法高深，便前往拜谒。谁知在听了元素的讲经后，他顿悟禅机，索性连考试也放弃了，家也不回了，在鹤林禅院剃度，跟随元素禅师修行，法号法钦。

唐朝天宝元年（742），法钦离开镇江，一路云游，当他来到径山时，被这里的宜人景色吸引，决定留下不走了。他搭了个简单的茅庐，开始讲经说法。山里生活清苦，吃的都是粗茶淡饭，这些都可以克服，但是要拿

日映径山远

什么供佛呢？法钦决定种植茶树，清香的茶叶既可以自己饮用，也可以供奉佛祖。不过径山这么大，得挑个合适的地方种茶啊。法钦想起了寺里的那口龙湫井，就种在井边吧，以后浇水也方便。

时光如梭，一晃眼就是好几年，此时，茶树已经种满山谷，就连这口浇灌用的龙湫井也镀上了一层神秘的色彩。相传以前径山没有井，吃水要到半山腰的溪坑里去挑。一天早上，小和尚急匆匆报告方丈："师父，我们粮仓里的米不见了！"这下全寺大乱，这些粮食前一天刚从山下背上来，是全寺一个月的口粮啊！方丈领着众人拥到粮仓一看，里面两百袋大米，少了一半多。可是，据守夜的和尚说，昨晚一夜太平，没有盗贼光顾。如果是老鼠，怎么可能一夜之间吃掉那么多大米？没办法，方丈只好加派了五十名年轻力壮的和尚，守护粮仓。

东渡求法

茶圣著经

半夜，守夜的和尚忽然看到天空中一道白光，"唰"地闪进了粮仓，粮仓的门缝里透出一线亮光来。几个胆大的和尚蹑手蹑脚来到门边，往门缝里一瞧，竟然是两条白龙正在细嚼慢咽呢！和尚们吓得合不拢嘴，赶紧报告方丈。

第二天，方丈敲响了径山寺的大钟，这钟声也许是最原始的"摩斯密码"，带着消息传达天庭，一直传到玉皇大帝的耳中。玉帝派了四大金刚到径山来捉拿双龙，把一条关到莫干山上，一条就压在径山底下，龙的嘴巴就成了这口龙湫井。

随着径山茶的产量节节攀升，法钦禅师的名气也越来越大，连皇帝都听说径山上有这么一位高僧了。大历

《茶经》书影

三年（768），唐代宗亲书御诏，请法钦禅师去京城布道。法钦在繁华的长安待了一年，便提出要回径山。唐代宗虽然不舍，但也不能强求，只得答应，并恩赐了许多礼物。此外，他还御诏杭州府，在径山重建精舍，赐名"径山禅寺"。

径山寺"惊动"了皇帝，径山茶则吸引了另一位因茶而名传千古的茶学家。他就是有"茶圣"之称的陆羽。

陆羽是个弃婴，竟陵龙盖寺住持智积禅师在西湖之滨捡到他。陆羽从小跟随师父在寺中修行，也在寺中接受茶道启蒙。

在喝茶这件事上，陆羽非常讲究，嘴刁得很。有一次，刺史李季卿在扬子江畔遇见了在此考察茶事的陆羽，他是个热心人，赶紧招呼："陆兄，我最近得了一种好茶，你不如和我同船而行吧，一边品茗，一边赶路。"陆羽想想也好，便欣然登船。好茶用好水煮，才是锦上添花，李季卿听说附近扬子江中心的南零水煮茶极佳，就让仆人驾小舟前去汲水。不料仆人在回来的路上泼洒了半瓶水，担心挨主人批评，就偷偷舀了岸边的江水充兑。

李季卿不知底细，拿出自己的好茶，用水煮了。很快，茶煮好了，陆羽拿起茶杯只喝了一口，就直言不讳："这哪是南零水啊，分明是近岸的江中之水。"李季卿表示不信，让仆人再次去取水。第二杯茶煮好了，这一次陆羽喝了表示满意，他端着茶杯微笑着说："这次用的是南零水了。"

陆羽的舌头真的这么灵？据后人推测，江心南零水和临岸江水，一清一浊，一轻一重，对嗜茶如命的陆羽来说是不难分辨的。

根据史料记载，陆羽是在唐肃宗上元元年（760）抵达浙江余杭苕溪的，此后他访茶寻泉来到天目山，最后定居在径山附近的双溪。他居所附近有一眼小泉，常用这泉水煮茶，品尝所收集到的各种茶叶。这泉"广三尺许，深不盈尺"，别看泉眼不大，但就算是大旱的时候，水也不会枯竭，而且泉水味道非常清冽。陆羽评此泉为"天下第三泉"，后来人们把这眼泉水称为"陆羽泉"。

隐居双溪期间，陆羽还教村民们在山坞栽种茶树，当年的播种之地，就是现在的"茶叶坞"。种茶煮茶之余，陆羽还在这里完成了著名的《茶经》，成为中国茶文化史一个划时代的标志。

陆羽 21 岁起游历考察茶叶产地，毕生为研究茶叶种植、焙制、烹煮收集大量资料。陆羽隐居余杭苕溪期间，与高僧名士来往山寺之中，访茶寻泉至天目山，他的好友、唐代诗人皇甫冉就写过《送陆鸿渐山人天目采茶》诗，表明陆羽确实曾到达北天目。而径山西连天目，陆羽自然是不会错过的。现在，陆羽泉依然泉清如故，保持着当年陆羽著书品茶评泉时的模样。

安溪，这个良渚文化遗址的 角落曾经"潜伏"过一位皇帝

祖父去世了，二十出头的朱允炆还没来得及擦干脸颊上的泪水，就匆匆地被大臣们簇拥着坐上了龙椅。这一年是公元 1398 年。明朝开国皇帝朱元璋驾崩，大明朝迎来了第二位皇帝。

望着朝堂上跪了一地的大臣，朱允炆心情复杂，犹如芒刺在背。他知道，千里外有一双眼睛正对着他虎视眈眈。眼睛的主人便是他的四叔——燕王朱棣。

朱允炆的父亲朱标是大明王朝第一任皇太子，可惜英年早逝。朱元璋深爱这个嫡长子，既然儿子死了，便立嫡长孙朱允炆为接班人。他没想到自己的这个决定，将给大明朝带来一场滔天大祸。

公元 1360 年，朱元璋的第四个儿子在应天府（现南京）呱呱坠地，不过他根本就没心思为多了一个儿子感到高兴，因为，这个时候，他的队伍正和陈友谅的军队在太平（今安徽涂县）打得不可开交。朱元璋调兵遣将，整理铠甲，就要亲自上战场迎战。

日后的皇后娘娘——马大脚拉住丈夫："老朱，你

别急着走啊，先给儿子取个名吧！"

朱元璋不耐烦地道："取名急什么，等我打败陈友谅，打败元军，再好好起一个吉祥名字！"说着跨马而去。

老朱家的儿子们等取名，这一等就是七年。公元1367年，准备来年正式登极做皇帝的朱元璋见天下形势已经初安，这才想起要为儿子们正式取名。这年的十二月二十四日，他祭告太庙，给七个儿子一一命名，老四就取名为棣。

燕王朱棣有才能也有野心，眼看着年轻的侄子得了天下，心中实在不甘。而朱允炆也时时刻刻提防着这个手握重兵的叔叔，登基后想方设法削弱朱棣的势力。一来二去，矛盾终于在公元1399年爆发，叔侄俩兵戎相见，这场内战一打就是四年，历史上称之为"靖难之变"。

比起作战经验丰富的朱棣，从小长在深宫的朱允炆根本不是对手，手下士兵节节败退，南京城眼看就要陷落，朱允炆心灰意冷，他拔出佩剑，长叹一声："罢罢罢，守不住祖父的江山，朕也无颜再苟活了！"说罢冰冷的剑锋就要往脖子上抹。

正在这时，一只有力的大手猛地抓住了朱允炆的手腕："陛下，使不得！"说话人正是跟随自己多年的臣子王钺。另外几名忠心耿耿的大臣也纷纷跪下，齐声劝皇帝不要走极端。

朱允炆眼含热泪："朕也不想死啊，但是除了死，还有其他的路可以走吗？"一山不容二虎，假如落在朱棣手中，他照样是死路一条，还不如自己了断干脆一些。

大臣们面面相觑，无言以对，谁知王钺却道出了一个惊人的秘密："陛下，还有一条路可以走！"在众人好奇的目光注视下，他继续说道："太祖军师刘伯温神机妙算，当年他曾有遗言交代，后宫有一扇黑门，平日紧锁，非到皇孙大难临头不可打开，看来现在时机已到，不妨打开一看。"

还有这样的事？朱允炆听了将信将疑，不过都到这份上了，宁可信其有吧。于是，他便与一班近臣随王钺来到后宫，果见一扇漆黑大门，打开门一看，是一间石室，对门的墙上挂着一幅画，一条割须的黑龙骑在一条留着长须的黄龙身上——这不就暗示了燕王篡夺皇位吗？君臣们无不叹服，刘伯温真是算如神仙啊！

石室中央放着一只铁柜，里面藏着度牒、袈裟、僧帽、僧鞋，还有剃刀一把。另有红书一张，上面写明如何通过地洞密道离开皇宫。刘伯温的安排非常明显了，他是让落难的皇帝落发为僧，乔装逃离。于是，在这密室里，朱允炆剃去一头青丝，脱下龙袍，披上袈裟，藏好度牒，一行人经密道穿地洞离开了皇宫，又雇了一条小船，往南方行去。

小船晃晃悠悠，也不知行了多少天，驶入浙江的东苕溪。这天傍晚，朱允炆来到桥头，远远望见河上耸立着一座五孔大石桥，桥两边停满了货船，竟是一个热闹的大集镇，桥北面是逶迤的群山，端的是茂林修竹。为了掩人耳目，这些天来，朱允炆都蜷在舱底不敢露面，今天来到船头，微风拂面，衣袂飘飘，心中好不敞亮，对这个地方也不由多了几分好感，便让王钺去打听一下，这个集镇叫什么名字。

王钺跳上岸去，不一会儿打听回来了："前面那座

安溪屯溪郊外徽江群船（老照片）

桥叫广济桥，这个集镇叫安溪。"

大家一听，好名字啊！朱允炆说："安溪，安溪，这应该就是我们安身隐居的所在了。"其他人也纷纷表示赞同："在安溪安身，一定平安！"于是，大家决定在这里下船，不走了。

这天夜里，一行人在镇上的一个尼姑庵里落脚。那庵内的尼姑见这几个人个个貌不寻常，知道一定不是凡人，于是热情招待。用饭时，朱允炆看看身上的袈裟，心想自己如今是个和尚，应该找一处寺庙落脚才恰如其分，便向尼姑打听附近有没有庙宇。

尼姑手持念珠，道："安溪大大小小的寺庙有不少，尤其是古道山的古道寺，历史悠久，出过好几位高僧，信徒众多。"

朱允炆沉吟片刻，决定明天去这古道寺看一看。休息了一晚，第二天天还没亮透，一行人就匆匆辞别老尼，依照她指点的路径，向古道山行去。直到若干年后，老尼才知道当初接待的这位年轻僧人正是逃难中的建文帝。虽然皇帝落难，但依然是真龙天子，老尼非常激动，因而把庵名改为"接待寺"。寺内香火也随之旺盛，特别是来这里求子的，十分灵验。

再说那朱允炆一行人，古道山就在尼姑庵北面的大遮山里，他们出发得早，到了山脚时，太阳才刚刚升起。晨曦微照下，只见此山坐北朝南，气势雄伟，远远望去，就好像一把金龙交椅：中间冈峦横卧，就是龙椅靠背；东西两个山峰，高耸入云，宛如龙椅的犄角；两峰又自此而南，连绵延伸成了一对龙椅扶手。山腰正中，果然有一座宏伟的古刹，山门朝东开，门匾上题曰"古道寺"。

王钺看了不由咋舌："大伙儿快看，这山，这寺院，像不像一把金龙靠椅稳稳地踞于群峰之间？"

"是啊是啊，"另一个随从也连声附和，"从山脚到寺院的石阶，多像金銮殿前的台阶啊！"

此情此景，朱允炆嘴上没说话，心里却也不住感叹："这分明是上天赐我一天然行宫也！在这里埋名韬晦，应该是个不错的选择。"于是，他领着众人，拾级而上，入得古道寺，找到方丈，将事先想好的说辞娓娓道来。

方丈长须飘飘，一看就是世外高人的模样。他双手合十，念了声"阿弥陀佛"，说你们想留在寺中修行我当然是欢迎的，但到了这里，就得遵守这里的规矩，要放下包袱，斩断尘缘，潜心修行。

朱允炆忙不迭答应。虽然如此，但落难皇帝又怎么可能真的斩断尘缘，他心中始终燃烧着一团小小的火焰，希望有朝一日能重返朝堂，夺回江山。后来，他在寺内第三进大殿前种下了一棵桂花，又在园内倒插了一株牡丹，意为"本末倒置"——这摆明了是在讽刺朱棣。朱允炆心中默默祈祝："如若将来朕有回朝之日，就让丹桂飘香，牡丹盛开。"后来，桂花成长，果然满树飘香，倒插的牡丹居然也成活而盛开鲜花。只不过，朱允炆重登朝堂的心愿最终没能实现。

虽然躲在僻静的古刹之中，朱允炆也不敢掉以轻心，他料到朱棣要斩草除根，便悄悄命人在大殿内挖掘隧道，通往后山的密林中，以备紧急之时避险之用。山后至今仍保留着一个名字，叫"皇窠里"。

他的猜测没错，朱棣夺了皇位，但侄子漏网了，心里始终压着块大石头，便派人四处找查朱允炆的下落。朱允炆得知消息，知道自己是时候离开了。安溪虽然是个好地方，但离南京还是太近了，绝非久留之地，还是早早离开为好。

于是，在一个月黑风高的夜晚，朱允炆带着随从，悄悄离开"潜伏"了数年的古道寺，去向更远的远方。

直到朱允炆等人逃离后，寺僧们才发现其落难皇帝的真实身份，于是便在寺内为他画了一幅头戴皇冠、身穿僧衣的画像，朝夕膜拜，为他诵经祈福。后来，百姓们也知道了建文帝曾在古道寺避难，就将山名、寺名都改成"东明"，因为朱允炆初到这里时，正值东方露白，天色欲明。《杭县志稿》就这样记载："相传建文帝遁迹于此，时，旭日始旦，题曰'东明'。"

因为建文帝的这段经历，东明寺名声远播，香火旺盛。

良渚遗址

寺院规模宏丽，有大殿三进，房屋七十余间，旧县志载："大雄宝殿之宏丽，埒于灵隐；佛像雕塑之活，且优于灵隐。"

让人扼腕叹息的是，1941 年 8 月 1 日，日寇放火焚烧东明寺。大火烧了两日两夜，宏伟古刹惨遭焚毁。建文帝亲手栽下的牡丹没有逃过此难，但他种下的桂花侥幸存活，虽然烧得只剩下树皮一截，然而到了第二年春天，烧焦的树皮上竟然奇迹般地绽出了新枝。现在，这棵长在树皮上的桂花已是枝高叶茂，年年香飘满寺，成了游人们争相观看的奇景。

随着良渚古城遗址申遗成功，安溪这座位于遗址区块东北角的千年古镇，也被越来越多的人熟知。人们来到安溪，循着建文帝当年的足迹，步入东明寺，品读悬挂在大雄宝殿前的这副对联："僧为帝，帝亦为僧，一再传，衣钵相授，留偈而化；叔负侄，侄不负叔，三百载，江山依旧，到老皆空。"在幽幽的桂花香里，感受到命运的肃穆和悠远。

小链接：

余杭东苕溪边的安溪镇，始建于宋端拱二年（989），北宋时为"钱塘四镇"之一。连接安溪镇两岸街市的广济桥，是一座工程浩大、工艺精湛的五孔连拱大石桥。石桥始建年代不详，在南次孔拱券顶上有纪年题刻"大明弘治十五年（1502）重建"九字。广济桥全长 59.2 米，高 9.2 米，中孔跨径 16 米，是东苕溪上最具规模的石拱桥之一。桥上还建有附属建筑，当年在桥北侧第一、二孔桥柱之间的桥面曾搭有戏台，坐南向北，称为桥司庙戏台。人在台下走，戏在台上演，乡民在桥北塊朝南看戏。戏台于民国初年被拆。

1986 年，拥有五百年历史的广济桥以影响泄洪为由被拆除，让人引以为憾。

罗隐：讨饭秀才的 "圣旨口"

"最近真是奇怪，江上总有一青一白两股气，直接天际。"说这话的，是富阳新城（今杭州市富阳区新登镇）鄳江（现在俗称渌渚江）上的渔民阿三，他日日在江上打鱼，鄳江比自己家还熟悉。这段日子以来，每天清晨，江面上总是若隐若现地飘荡着两股烟气，阿三觉得奇怪，心想会不会是老天爷有什么预示呢？

罗隐像

杭 州 风 俗

HANG ZHOU

093

更奇怪的还在后面，唐文宗太和七年（833）正月二十三日这一天，那股白色的烟雾突然消失了，江面上只剩下一股青气。后来有人说，这常年亘于江上的烟雾，正是新城文、武两股气脉，而这白色烟雾的消失，意味着一个了不起的人承载了新城文气而生，日后必有大前程。

这个了不起的人究竟是谁？答案就是罗隐。罗隐是唐代的著名才子，吴越国开国皇帝钱镠曾写出"黄河信有澄清日，后代应难继此才"的诗句盛赞罗隐之才。鲁迅先生说罗隐的诗"几乎全部是抗争和激愤之谈"。可是老百姓提起罗隐时，常常赋予他一种怪异、虚幻的神话色彩，把他浓缩成了一个历史符号，一个充满传奇色彩的人物。关于他的出生，就有一个非常奇特的传说——

罗隐的父亲是个农民，孤零零地住在深山老林里。有一天，他看见林子里来了一只母老虎，老虎身子一晃，脱下虎皮竟然变成了一个漂亮的姑娘。虎姑娘把虎皮小心翼翼地藏在树丛里，然后就走开了。罗隐的父亲——这位"大龄剩男"，眼珠子一转，把虎皮取出，藏到自己住的山洞里。虎姑娘办完事回来，找不到老虎皮，无法变回真身的她急得哇哇大哭。这时候罗隐的父亲出现了，"乘人之危"地向虎姑娘求婚，于是两个人结成了夫妻。一年后，虎姑娘生下了小罗隐，成了虎妈妈。因为是吃母老虎的奶水长大的，罗隐从小就天不怕、地不怕，很多地方不同于凡人。

罗隐当然不可能是老虎生的，他出生于新登双江村一个寒儒之家。双江，指的是松溪与葛溪，这两条皆发源于临安天目群山的溪流，一东一西，在双江村汇到了一处，并流而下，汇入富春江。新登古城曾有一景叫"松葛双清"，是东安八景之首，指的就是这个地方。

罗隐的出生有故事，等他长大一些，故事就更精彩了。话说罗隐小时候，每天去私塾读书，都要经过新登城的城隍庙，日子一长，小罗隐发现一件怪事，只要他从庙前经过，里面的城隍菩萨都会站起身来。小罗隐很害怕，回家跟奶奶说了这件事。

奶奶的第一反应当然是不信，可是耐不住小罗隐三番几次地说，奶奶犹豫了："这事情虽然古怪，但我孙子是从来不说谎的，难道真有其事？"带着一肚子狐疑，这天晚上，奶奶带着一把剪刀来到城隍庙，把剪刀放在了菩萨的腿上。第二天，小罗隐照样背着书包去私塾了，奶奶悄悄跟在后面，等孙子过了城隍庙，进庙一看，大吃一惊——剪刀掉在地上，这说明泥塑的城隍菩萨真的站起身过了！这么一来，奶奶对小罗隐的话确信无疑，她相信自己这个宝贝孙子肯定不是凡人，将来说不定要当大官！

其实，罗隐不仅要当官，要不是灶王爷耳背，说不定他还能当上皇帝！这又是另一个故事了。

罗家不是穷嘛，平日里少不了跟邻居借这借那的，转眼到了腊月二十三，这一天，是一年一度"灶王爷上天"的日子，奶奶摆好果盘，送灶王爷上天。老太太一边祭拜，一边絮絮叨叨地诉说着这一年来的遭遇："今年日子艰难，向李家借了一斗米，这是一遭；向王家借了五两银子，这也是一遭；跟周家赊借了一箩筐炭，那又是一遭……"

老太太缺了门牙，口齿不清，偏偏灶王爷年龄大了，耳朵不好，把"一遭"听成了"一刀"。他心里大惊，这家人借了别人的东西还要给人一刀？！他家孙子一身龙骨，明明是当皇帝的命，但是这样的人要是真当了皇帝，岂不是要杀尽天下人？

本着对天下百姓负责的态度，灶王爷赶紧上天庭跟玉皇大帝汇报。玉皇大帝听了，勃然大怒，人间的皇帝相当于他这个天上皇帝的"下属"，下属不像样，上司要负连带责任的！于是，他下令派天兵天将下凡，把罗隐的龙骨拆掉。

这天晚上，突然乌云密布，天雷滚滚，新登城里的人全都躲在家里，谁也不敢出门。小罗隐本在床上睡得好好的，忽然浑身剧痛，好像骨头被拆散了似的，疼得他哇哇大叫，汗湿衣衫。小罗隐的呼喊声惊动了城隍菩萨，菩萨天天看着小罗隐长大，知道这孩子的人品绝对靠得住，天神拆骨肯定是"误会"导致的。于是他变身成一个白胡子老汉，来到罗家，告诉急得团团转的奶奶："天神怕脏，让你孙子紧紧咬住马桶边沿，千万不要松口！"接着，他又赶紧上天去和玉皇大帝解释清楚。

不过，古道热肠的城隍菩萨还是晚了一步，等玉帝听明真相，撤销命令时，罗隐的一身龙骨已经被拆，还换上了一副"讨饭骨头"。不过多亏了他一直紧咬着马桶边沿，所以嘴巴里的骨头没有被换走。从此，罗隐就有了"讨饭骨头圣旨口"一说，说他要靠讨饭生活，但是有张金口，要什么张嘴就来。

罗隐家里贫寒，和大多数出身寒门的文人一样，他一直渴望通过科举之路出人头地。可是，罗隐考运不佳，恃才傲物的他性格也不讨喜，屁颠屁颠跑去长安一共参加了十次考试，次次名落孙山。因为常年备考，他也没有"正经工作"，好几次真是差一点要讨饭了。这二三十年的科考经历，罗隐从一个意气风发的少年熬成了一个倔老头儿，也熬出了一个"乞丐秀才"的名号。

55 岁那年，罗隐再一次迎来"国考"，他住在长安

富阳新登·湘溪秋色

富春山居图

书备考。可是，开榜之日，长长的榜单上，罗隐找来找去，依然找不到自己的名字。身边的考生们，有的考中了欣喜若狂，有的名落孙山唉唉长叹，罗隐望着他们，心里百感交集，既有绝望的悲哀，又有一种释怀，他忽然仰天"哈哈"大笑两声，一甩袖子："老子不考了，回家！"

回老家，做啥呢？当年罗隐在魏州漂泊时，邺王罗绍威对他很欣赏，听说罗隐打算东归，邺王就把他举荐给了正处于"事业上升期"的杭州刺史钱镠。其实，罗隐和钱镠是老相识了。

传说中罗隐与钱镠的"初见"是在富春江边。少年罗隐每次出门要摆渡过江，非常不便，他想："自己动手丰衣足食，不如自己搭一座桥吧！"于是用竹鞭将石头劈开，推到山下，然后像赶羊一样顺着谷底的溪流，将石头一鞭一鞭地往下赶。

就在罗隐忙乎得起劲时，一个高大的汉子风风火火赶来，正是钱镠。当时的钱镠还只是一个贩私盐的，虽然职业不高尚，但心肠挺热乎，他看到瘦小的罗隐累得满头大汗，顿生同情，当即说要帮忙。

罗隐对他说："你赶石头要专心，路上碰到人，千万不要搭话。""没问题！"钱镠满口答应，接过竹鞭赶起石头。他一开始倒是挺专心的，可是后来路上碰到一群小伙子，一直好奇地问他在做什么。钱镠一时没忍住，和他们搭起话来。

话刚出口，一块块石头就都在山谷生了根，再也不动了。原来这群人是富春江里的水妖变的，就是为了阻止罗隐造桥。造桥计划失败，钱镠因了这事，对罗隐愧疚万分，一直想补偿他。所以，当罗隐再次见到钱镠时，后者就任命他当了钱塘县令，非常器重。之后钱镠大展宏图，罗隐的职位也水涨船高，在相当长一段时间里是作为钱镠的"军师"存在的。

当了官的罗隐不改耿直的本色。有天清晨，罗隐在西湖边"晨练"，看到一位老渔翁在搬一筐筐的鱼，就过去搭话："老伯，起这么早，卖鱼去吗？"

"唉，哪里有鱼卖？"老人叹气，"我这是去钱大人府上送使宅鱼，每天都要送，鱼多的日子还好，凑不上的时候，只好花大价钱去市场上买来交……"

罗隐听了，动了恻隐之心，总想找机会给钱镠提提意见。有次他陪着钱镠闲谈，大厅的壁上挂了一幅《磻溪垂钓图》，描绘的是姜子牙在磻溪垂钓，等待与周王相见的情景。钱镠见罗隐看着这幅画若有所思，便说："先生，能否就此图赋诗一首，也好诵读？"

罗隐略一思忖，念道：

> 吕望当年展庙谟，直钩钓国更谁如。
> 若教生得西湖上，也是须供使宅鱼。

意思是说，姜子牙当年在磻溪用直钩钓鱼，是为了等来周文王，做出大事业。若他垂钓的地方是在西湖，那说不定他为了缴"使宅鱼"，什么也做不成了！

钱镠是多聪明的人啊，一听就明白了言下之意，于是下令，西湖渔民日后不用再每日缴鱼了。

有了工作，罗隐不必"讨饭"了，那他的"圣旨口"

还准吗？统一两浙后的钱镠，打算在杭州修建一座新城。公元893年，杭州罗城建成竣工了。竣工当天，钱镠带着一众文武百官视察新城，他骄傲地向大家夸耀道："瞧瞧我这城，高大坚固，每百步设一敌楼，可以说是固若金汤了！"

"好极！好极！"手下的官员连声附和。罗隐却佯装不知，问道："这样设置敌楼，有什么用处？"

"当然是用来对付敌人了。"钱镠说，"先生怎么连这个也不懂。"

"主公，依我看，这敌楼还是向内为佳。"罗隐的话，其实是想提醒钱王注意内部不可靠的将领，谨防内乱。然而，钱镠并没有警醒。没几年，果然发生了"徐许"之乱，真被罗隐的"圣旨口"言中，吴越国差一点亡国。

其实，所谓的"圣旨口"，是因为阅历丰富的罗隐有一双洞悉世情和人心的眼睛，他根据自己的见识和才学提出的一种预见，而事实也往往印证了他的先见之明。因为罗隐的真情真性，又常常挂念百姓疾苦，老百姓很喜爱他，便把他塑造成一个虽有一身"讨饭骨头"却长着"圣旨口"的传奇人物。

小链接：

新登，古代称之为东安。汉代时，东安属会稽郡管辖，为吴郡的属地。三国时，名闻江东的东吴大帝孙权就诞生于富春江畔的龙门古镇，离新登不远，与罗隐可说是老乡。

新登作为县城，本应该有城墙的建筑，但在唐朝之前，它没有城墙，而是一马平川。一直到了唐朝，新登才筑起了城墙。最早的唐代故城，传说是听闻扬州的徐敬业为了反对武则天称帝而起兵，新登才在匆匆忙忙之中掀起了一场轰轰烈烈的"造城运动"。

新登于唐昭宗大顺二年（891）秋七月动工，次年夏四月竣工，历时仅十个月，就把高大城墙造起来了，成为浙西一处重要的边关堡垒。从此，新登有了一个名副其实新建的团团圆圆的罗城。

张爱玲说出名要趁早，
黄公望说八十岁创作也不迟

才女张爱玲的那句"出名要趁早"，很多人深以为然，但也有不少人表示反对。因为历史上不乏一把年纪才功成名就者。说到大器晚成，元朝的黄公望可以骄傲地举起双手："是我没错！"这位"半路出家"的山水画大家，30岁开始学画，快80岁才开始创作《富春山居图》，耗费数年心血，终于完成这幅被后世誉为"画中兰亭"的传世巨作。

黄公望像

元至正七年（1347）某天中午，一位白发苍苍的老者来到富阳城东面的鹳山矶头，在富春江边的一块礁石上坐下，然后从随身的布袋里拿出纸笔，对着江岸开始作画。别看老者满脸皱纹，但目光炯炯，握笔稳健。就在他全神贯注地创作时，突然有人从背后猛推一把，老者全无防备，一个跟头跌入了滔滔的富春江。这落水的老者正是黄公望。

公元 1269 年，黄公望出生于江苏常熟。他是一个规矩人，从小到大循规蹈矩：小时读遍四书五经，长大了考科举，走仕途。但规矩人的运势很多都不咋地，由于元代统治者实行的政策，作为南宋遗民的黄公望，若要做官，唯一的途径就是从吏（也就是一般的办事员）开始。直到 40 多岁时，黄公望才得到浙西廉访使徐琰的赏识，在他手下充当一名书吏（即文员）。

当上书吏没多久，浙江省平章政事张闾因贪污舞弊掠夺田产及逼死了九条人命，被逮捕下狱。黄公望因为是张闾属下经理田粮的书吏，许多文书、账目都出于他的手中，上司被捕，他自然也受到牵连，被关入狱中。这一年他 47 岁。

吃了几年牢饭，终于重获自由的黄公望对官场已经冷了心，便以卖画为生。不过，那个时候他还算不上名家，画资不高，因此有时还干些替人占卦算命的活儿。天历二年（1329），61 岁的黄公望作出了他后半生的一个重要决定，和好友倪瓒一起拜元代著名道士金月岩为师，加入全真教，改号"一峰道人"。

当了道士之后，黄公望认真修行，优游于名山胜水之间，一面修身炼性，一边积蓄绘画创作的丰富素材和灵感。这一天他来到了富春江边，谁知却被人推落水中。

那么，到底是谁这么狠心，把一个老人推落江水呢？这个人正是前文提到过的张闾的外甥——汪其达。当年黄公望在监狱里供出了张闾的罪行，汪其达怀恨在心，这一恨就恨了三十年。查到黄公望的行踪后，他就偷偷下了毒手。

也该黄公望命大，就在汪其达动手的那一刻，一个叫何树平的樵夫刚好挑着柴路过，远远看到有人落水，便飞奔过来。汪其达一见有人来，赶紧脚底抹油溜了。可黄公望还在江中挣扎呢，危急时刻，何树平衣服都来不及脱，一下子跃入水中，将黄公望救了起来。要知道，此时的黄公望已经快 80 岁了，突遭意外，身体哪里吃得消，获救后一直昏迷不醒。何树平顾不得喘息，把黄公望拦腰抱起，头朝下，不停拍着他的后背。

终于，黄公望哇哇地吐出两口江水，悠悠醒转。何树平怕他着凉，就点了一堆火，让黄公望把衣服烤干，又问："老人家，我看那人是有意将您推入江中的，究竟是什么人如此狠心？"

黄公望当然认出是汪其达推的自己，于是就把前因后果一一告知何树平。听完这一切后，何树平皱起眉头："这汪其达积怨已久，看来是非要取您性命才肯罢休啊，他要是知道您还活着，指不定什么时候又要下黑手了。"

黄公望倒是豁达得很，淡淡一笑："他要下手就下吧，老夫一把年纪，也没什么好怕的。"

何树平摆摆手："救人救到底，送佛送到西。老人家，我可不能让那姓汪的小子再把您给害了。这样吧，您要是不嫌弃，就跟我回家。我家住在江边的山上，非常隐蔽，谅那姓汪的再有本事也找不到。"

慧因高丽寺

　　黄公望见他如此热心，便点头答应了。暖过身子后，两人一起踏上了沿江而下通往杭州的驿道。走了八九里路，登上一道山梁，眼前出现了一片凸起的平地，一个小小的村庄就坐落于此。

　　黄公望举目四望，山峦起伏，林木葱茏，溪水如练，如同世外桃源一般，禁不住由衷地赞叹："天下竟有这般美丽的地方，此地叫什么名字？"

　　何树平笑道："我们村叫庙山坞。"说着，他指着远处一泓清泉说："老人家，看到那一股泉水了吗，是不是像一只淘米的竹编笤箕啊，我们都叫它'笤箕泉'。"

黄公望一听，不由脱口而出："这么巧！"原来，此前他在西湖南边结庐隐居，住所附近也有一个筲箕泉，具体地址在西湖南山慧因寺(俗称高丽寺，地近今花家山宾馆)旁。他还在那里画过《筲箕泉图》呢！没想到远在富阳的这个小山村里，也有一处筲箕泉，这还不巧吗？

两人闲聊着回到村里，何树平把黄公望遭人暗害的事和乡亲们简单说了一下，大伙儿都非常同情这位老人，他们择了一块空地，共同出力为黄公望搭了间茅屋，让他安心住下来。

一开始，黄公望不敢去远的地方，只在村子附近逛逛，后来，久不见汪其达找来，他胆子壮了一些，就戴着竹笠，穿着芒鞋，沿江而上，越走越远。黄公望可不是漫无目的到处瞎逛，他时刻观察烟云变幻之奇，遇到好景就随时画下来，就这样一日复一日，不知不觉半年多过去了。

这天，黄公望把何树平找来，从自己的诸多作品中选出一幅交给他，说："这半年来，多亏了大家照顾，我没什么好报答的，你就把这幅画拿去镇上卖了换钱，给大家置办点礼物吧。"他怕张闾的亲属再来找麻烦，画上没有署真名，落款是"大痴道人"。

何树平摆摆手："老人家，您干吗这么见外？我们帮您又不是为了回报。"

黄公望为对方的善良而感动，笑着说："为了让我住得安心，你就照我说的做吧。"他知道村民们生活条件都很艰苦，但缺衣少食的他们，还挤出一份口粮分给他，这让黄公望很过意不去。

何树平只得答应了，他是一个粗人，也不懂字画，看看黄公望交给自己的这幅山水画，问打算卖多少钱。

黄公望想了想，说："没有十两银子不要出手。"

何树平一听就笑了，心想这老人家想钱想疯了，一张皱巴巴的画居然要卖十两银子。算了，就按他说的做吧，卖不出去就带回来，反正也不重。于是，他把画卷好，用一张毛竹箬壳包住，缚在柴担上。

来到富阳城集市上，正巧一家画坊的伙计前来买柴，讲好价钱后，何树平就去送柴。来到画坊，放下柴担收了钱后，何树平想起黄公望的那幅画来，就把那张画拿到画坊主人面前，问要不要买。

画坊的主人见一个樵夫来卖画，根本没放在心上，谁知一瞥之下，眼睛就发光了，赶紧接过画细看，口中连连称奇，问开价多少。

何树平心里没底，小声说："那就十两银子吧。"

主人二话没说付了钱，拿着画喜滋滋地去给同僚观摩，还让何树平以后有这样的画尽管拿来。何树平目瞪口呆，想不到这不起眼的老翁竟然还有这么大的本事啊。

这以后，黄公望每两三个月就让何树平去卖一幅画，除了留下生活所需的银两外，其余的都给了何树平，让他接济乡亲们。原本贫困的小村落，因为黄公望，大家集体奔向了"小康"。

这天，何树平又卖出一幅画，他刚从画坊出来，突然有个身穿青衣的中年人拦在他前面："小哥，你方才卖的画是不是一位叫黄公望的老翁所画？你能带我去见

黄公望隐居地

他吗？"

何树平心中一惊，难道是黄公望的仇人找上门来了？于是，他连连摆手："什么老翁啊，我不认识，这画是我们村里的一个老太太托我卖的。"说着，他赶紧回村，想提醒黄公望多加小心。他哪里知道，这中年男人正悄悄跟在他身后呢！

回到村里，何树平老远见到黄公望，就大叫着跑过去："老人家，这几天您千万别出门！"

黄公望一愣，刚想问为什么，忽然看到何树平身后的中年男子。这时，何树平也发现自己被跟踪了，他紧握挑柴杠，挡在黄公望身前，准备一有什么事，就奋力保护。

可让他没想到的是，黄公望突然哈哈大笑起来，大步走上前，和那中年人紧紧抱在了一起。原来，这中年人根本不是来寻仇的，而是黄公望的师弟无用。当年无用和黄公望一起来到富阳，黄公望因喜爱富春江美景，执意留下，无用便辞别他继续云游四方，但他一直放心不下年迈的师兄，特地回来看看，可寻遍了富阳城也没打听到师兄的音讯。想到师兄多半要靠卖画维生，于是就到画坊去碰运气，他认出何树平卖的画正是师兄所作，于是就跟随而来。

无用来到师兄家里，看到黄公望画了许多单幅的富春江山水画，忍不住说："师兄，这些画每幅都是精品，只是限于局部，不够震撼啊，你何不把富春江的景色集于一纸呢？"黄公望一听，连敲自己的脑袋："对啊，我怎么没有想到呢！"

只是，富春江四面的数十座山峰，峰峰形状不同，几百棵树木，棵棵姿态迥异。想要把这些素材都堆积在一张纸上，谈何容易。为了画好富春江的全景，黄公望踏遍了富春江两岸，"搜尽奇峰打草稿"。充实积累素材后，他回到筲箕泉，关起门来，潜心创作《富春山居图》。

再说黄公望那些画流传出去后，尽管不署真名，但还是被人看出是他的作品，久而久之，消息传到了汪其达的耳中。黄公望画的是富春江的景色，而作画时间也在近期，他推断黄公望肯定就躲在富阳某处。

于是，汪其达再次来到富阳，打听多日，终于找到了筲箕泉。为了不打草惊蛇，他决定到夜深人静的时候再动手。

晚上，汪其达摸到了黄公望的茅屋边，他用刀尖轻轻地撬了撬板壁中的缝隙，往里一看，见黄公望正全神贯注地在作画，长长的画卷上，用水墨技法描绘了富春江两岸的初秋景色，画中坡峰起伏，林峦深秀，笔墨纷披，苍茫简远。看到这里，汪其达脑子里突然闪过一个念头：黄公望的书画名闻天下，单张一幅就能卖十两银子，这幅长卷眼看就能完工，到时候肯定能卖个好价钱，不如等他画好后再杀人劫画，岂不是两全其美？

汪其达打着如意算盘，悄悄回到富阳城里，玩乐了好几天，估摸着黄公望应该完成长卷了，再次摸上山。

这天晚上，天黑得伸手不见五指，汪其达担心被人发现，也不敢点灯，摸黑进入庙山坞，刚刚走上山梁，突然，一股夹带着腥臭味的疾风扑面而来，还没等他反应过来，就被一只吊睛白额猛虎扑倒在地，成了这老虎的宵夜。

而黄公望的茅屋内，一盏昏黄的油灯下，这位半路出家的画家，正好完成《富春山居图》的最后一笔。这一年，是至正十年（1350），黄公望已经82岁了。从这幅"远山长、云山乱、晓山青"的画里，我们读懂了富春江，也读懂了黄公望的整个世界。

　　小链接：

　　《富春山居图》纵33厘米，横636.9厘米。黄公望死后，这幅画辗转多地。明朝末年，收藏家吴洪裕以高价购得，并在临死前叮嘱后人将它烧了给自己陪葬。当这件伟大的艺术品被扔进火堆时，他的侄子吴静庵赶忙将它从火堆中抢了出来。不过，因为烈焰，这幅画已经被烧成两段。其中，前段称《剩山图》，现收藏于浙江省博物馆；后段称《无用师卷》，现收藏于台北故宫博物院。2011年6月，分散于两地的《富春山居图》第一次实现合展。

董邦达为曹雪芹写序，
写出一桩红学公案

　　浙江富阳人董邦达具有双重身份——乾隆年间的高官和当时的著名画家。传说，他与同样擅画的曹雪芹惺惺相惜，甚至为后者的著作写过序。一个是朝廷显宦，一个是落魄文人，董邦达与曹雪芹的人生真的会有交集吗？要回答这个问题，我们先从曹雪芹的著作说起。

　　四大名著之一的《红楼梦》是曹雪芹所著，这是板上钉钉的事实。很多人不知道的是，曹雪芹还有另外一部作品《废艺斋集稿》。和《红楼梦》不一样，《废艺斋集稿》不是小说，更像是一部工具书，一共分八卷，每卷各讲一种残疾人用以谋生的手艺，里面还附有图样。其中的第二卷是《南鹞北鸢考工志》，顾名思义，这是一本关于风筝制作的书，而为此作序的，正是当时朝廷红人——董邦达。

　　话说曹雪芹有一个叫于景廉的朋友，早年当兵时一条腿受了伤，成了瘸子，穷困潦倒。年关将近，于景廉家中已经三天揭不开锅，儿女啼哭，老婆埋怨，也不知道这个年该怎么过。无奈之下，他只能来问老朋友曹雪芹借钱。

但家道败落的曹雪芹手头也不宽裕，两个大男人不免一番叹息。交谈之中，于景廉无意间向曹雪芹提及，京城的公子哥儿买一只风筝的钱，足够他一家老小好几个月的生计。曹雪芹一向喜欢扎风筝，听了这话，就随手扎了几只风筝给于景廉，叫他拿去试着卖卖看，如果卖不出，再想办法帮老友过年。于景廉拿了风筝就走了。

终于到了除夕那天，耳听屋外有人声传来，曹雪芹赶紧来到小院门口张望，只见于景廉牵着驴，满载时蔬酒肉，一边进门一边不住地向老友道谢。原来曹雪芹给他扎的风筝卖了个好价钱。有了钱，两家人欢欢喜喜过了个年。曹雪芹也由此顿悟，决心将扎风筝的手艺传开，于是就写出了《南鹞北鸢考工志》，卷中有风筝图谱和制作歌诀，不管是鳏寡孤独，还是老弱病残，只要有双手，依照书中要求做，便可以做风筝养家糊口。

曹雪芹有个叫敦敏的朋友，是宗室子弟，家里条件非常"小康"。乾隆二十三年（1758）腊月二十四日，"文艺中年"敦敏邀请曹雪芹等友人聚会，其中就有董邦达。毕竟董邦达不仅是朝中的尚书，还主持皇家画院，与大家可谓是同道中人。

这天一早，董邦达的马车来到了敦敏家。早已在那里等候的曹雪芹和敦敏一齐迎出大门，而董邦达下了车后，一手挽着敦敏一手挽着曹雪芹，说笑着走上台阶。董邦达进了二门后，看到走廊上和室内大大小小五光十色的风筝，一眼就认出这是曹雪芹的手艺，不仅大为赞赏，还笑着说，待会儿要看一看雪芹放风筝的技术是否和他扎风筝的技术一样好。

聚会上，曹雪芹特意下厨做了一道鱼，董邦达吃了连声说妙。敦敏对董邦达说，他吃过曹雪芹做的"老蚌怀珠"，那道菜更是无与伦比。董邦达听了不由笑说："雪芹真是天下奇人！当年谢灵运说，'天下才共一石，子建独得八斗'，这句话送给雪芹也同样恰当啊！"

饭后，众人谈诗论画，并且翻阅了曹雪芹的《南鹞北鸢考工志》，曹雪芹也将写书的初衷告诉了董邦达。董尚书听了大赞："好一片济世活人之心，知芹圃（曹雪芹号）者能有几人！"聚会结束后，他主动要求曹雪芹允许他把《南鹞北鸢考工志》带回家去，以便细读后给他写一篇序言。而后，他也确实践言，完成了该书的序。

这个故事充满了文人无分阶级的温暖，但由于《废艺斋集稿》仅能在国内找到二卷本附录《瓶湖懋斋记盛》的半篇抄录文字，并无其他实物佐证，因此，关于其真伪的大争论，在几十年间成为红学界的一桩公案。

既然是公案，也就是说直到现在还没有一个定论。那为什么有人要将董邦达和曹雪芹拉扯在一起呢？这恐怕要从两个人的境遇说起了。

小时候锦衣玉食的曹雪芹，金石、绘画、文学等本事学了不少，但就是没学基本的谋生手段，家道中落后的他境况惨淡，尤其晚年生活十分潦倒。而董邦达也是个苦出身，"穷"字怎么写，他太了解了。

董邦达出身农民家庭，从小跟着当医生的祖父读书识字，7岁上学，11岁就能写文章了。可是，因为家里穷，常常用米糠、麦皮充饥。要是遇到个天灾，更是揭不开锅，董邦达只好辍学帮父亲种田。他利用农闲的时间抓紧学习，17岁的时候考中秀才。之后的十年里，他在各地以教书为生。

〔清〕董邦达
《南屏晚钟》

　　在他当教书先生的这段日子里，有过这样一个故事。有一年，董邦达在桐庐一个富户人家当"家庭教师"，这天刚好旧庄关王庙开光，雇主一家全都去庙里祭拜，就留董邦达一人看家。中午，雇主回来了，发现后院少了一只鸡，就怀疑是董邦达偷的。董邦达当然矢口否认，只是没有"人证物证"，雇主说啥也不相信。眼看无法替自己洗刷清白，董邦达只好拉着雇主去庙里问卦（占卜问真假），结果一连三次卦，菩萨都说偷鸡的事是真的。

董邦达这下可真是百口莫辩了，羞愧不已，慌慌张张出得庙门，却不慎跌了一跤。看到董邦达如此慌张，雇主更认定是他偷的。就是因为这只鸡，董邦达盛怒之下不辞而别，工钱也不要了，一门心思进京赶考，想要博取功名一雪前耻。

赶考的路上吃尽了苦头。到了京师，日子就更艰难了。

传说董邦达游学京师，时间一长，盘缠用尽。眼看将近年底，客栈的房钱也欠了好几天。店家天天来催账，见他实在没钱，只得让步，说："我看你字写得不错，要不你就帮我写几副春联，权当这几日的店钱吧。"

董邦达一听，忽然来了主意，便向店家借了一副桌凳在店门口摆了摊，为人书写春联赚点小钱。他写得一手好字，引来了不少求对的人。一天，一个剃头匠由于店里生意冷清就前来光顾，请他写几句吉利话驱驱晦气。董邦达根据他的职业特点，想了一会儿提笔写道：

相逢尽是弹冠客；此去应无搔首人。

剃头匠拿回对联贴上，不过几天时间，店里马上顾客盈门，生意变得十分兴旺。客人都夸这对联写得好，就询问它的来历。剃头匠受了实惠心中感念，就竭力为董邦达吹捧。其他的店家得知原委，纷纷出高价竞相托董邦达书写对联。

董邦达从此名声大振，许多达官贵人也都慕名而来求董邦达写对联。之后，董邦达又作了几幅水墨画，大得行家赞赏，作品立马被抢购一空，前来求书画的大官大户络绎不绝，他的一幅字画竟卖到了数百两纹银。自此，董邦达享誉京师，成了名动一时的大书画家，他的名声甚至传到了雍正皇帝的耳朵里。董邦达成名之后继续求学,以前那些冷落他的学友又都来巴结他了,可他早已看透世情,不去理会,只是专心求学。再后来,他一举及第,中了进士。那时,他身价大涨,普通人已很难得到他的字画了。但他没有忘本,又为另一个剃头匠写下一副对联:

虽为毫末生意;却是顶上功夫。

现实中的董邦达可没打过这么干脆漂亮的"翻身仗",他的功成名就,是一步一个脚印踏踏实实走出来的。

公元 1723 年,董邦达被选为拔贡生,经人荐举,在户部七品小京官上行走。所谓行走,按照清朝的制度,是指不设专官的机构或非专任的官职,俸禄少得可怜,仅能解决生计问题。一直到十年后,董邦达中进士,授翰林院编修,终于开启了日后仕途的一帆风顺,官至工部尚书、礼部尚书,皇帝还钦赐他"紫禁城骑马"。作为一个汉族人,这算得上是当时最高的政治待遇了。

苦尽甘来的董邦达没有忘记过去,他非常爱惜人才。那个"铁齿铜牙"的纪晓岚,就是董邦达一手培养起来的。董邦达自己爱才,更希望皇帝器重有识之士。传说有一次,紫禁城新落成一座宫殿,皇帝命董邦达撰写正门的大匾额。董邦达想了想,挥毫写下"天子重英豪"五个大字。

董邦达和曹雪芹,两位都是文艺界响当当的人物,人们主观上希望他俩是一对惺惺相惜的好朋友,因此才有董邦达为曹雪芹写序的故事,这样的故事,透露着一种人性的温暖。话说回来,即使两人的生活真的从无交集,曹雪芹凭《红楼梦》名垂百世,董邦达因他的绘画艺术光耀千古,他们各自的精彩也不会因此而逊色半分。

小链接：

身为朝廷重臣的董邦达，平日忙于公务，作画只能算"副业"，但他的山水画却有着高深的造诣。乾隆给予董邦达的画以极高的评价。在乾隆南巡的前一年，他看到了董邦达绘制的"西湖十景图"，从此对西湖念念不忘，不仅特意为该画题跋，还决定明春南巡时一定要亲自感受一番久闻的西湖之美，印证实境与画境。

乾隆三十四年（1769），董邦达告老还乡后，回到家乡富阳，同年病逝，安葬在富阳新桐乡（今三山镇）新店村。

董邦达的儿子董诰，也是一位著名画家，父子俩有"大小董"之称。

湘湖莼菜，
治疗西施心病的特效药

早在春秋时期，萧绍平原上诞生了一位绝世美人西施，她虽然家境贫寒，但身逢吴越大战的乱世，种种因素叠加在一起，注定她将拥有一段不平凡的人生。

果然，当西施出落成一个婷婷美女后，就被越王勾践当作礼物送给了吴王夫差。出行那一天，在乡亲们的环绕下，西施哭成了一个泪人。吴国的官船早已等候在固陵港，在吴国官员的催促下，西施只得在渡口边的一个亭子里重新描画补妆，登上大船，与亲人们洒泪挥别。后来西施补妆的这个亭子，就叫作"妆亭"。

仅仅靠脸就可以吃饭的西施，还拥有过人的舞蹈天赋。进入吴王宫后，她让人把御花园一条长廊的地下挖空，埋进大缸，然后铺上木板。她穿着裙边缀满小铃铛的舞裙，穿上木屐，就在那木板上回旋起舞。铃声和大缸的回响声交织在一起，视听效果估计和现在的踢踏舞差不多。吴王从没见过这样的文艺演出，眼花缭乱，如痴如醉，连问："美人，这是什么舞？"

西施嫣然一笑，告诉他："这叫响屐舞，大王要是喜欢，我每天跳给您看。"

湘湖初春

　　夫差连连说好，可是，没多久后，西施便食言了，因为她生病了。眼看着美人愁眉不展，一天比一天消瘦，夫差忧心不已，唤来宫中的医官给西施诊断。医官一番仔细的诊断后，向夫差禀报道："娘娘远离故土，思乡情切，她得的是心病！"

　　心病还需心药医，既然知道了病症所在，对症下药就不难了。医官开出了药方，大都是些温补开胃的药，虽然药材并不稀奇，但药引子却比较特别，需要用新鲜的莼菜和鲈鱼煮汤做药引。

　　时值暮春，太湖中莼菜正是丰收季节，要用莼菜汤

莼菜鲈鱼羹

做药引子还不是简单的事。夫差这就传令下去，命人每天将最新鲜的太湖莼菜和鲈鱼送到厨房熬汤。可是，汤喝了，药也服了，几天过去了，西施的病症丝毫也没有得到改善，俏丽的脸庞越加憔悴。

夫差又气又急，责问医官为何药方无效。医官战战兢兢地跪在地上，思来想去，终于想明白了："娘娘的病根是思乡，药引子必须要用她家乡的莼菜和鲈鱼做汤才能起效啊！"

湘湖一带水浅环山，最适合莼菜生长，这里的莼菜不仅产量高而且口感特别柔滑丰腴。只是，湘湖离吴国路途遥远，鲈鱼倒还好说，可那莼菜采摘之后又不宜久存，有道是"半日而变味，一日而味尽"，该如何将湘湖的莼菜运到吴国呢？

消息传到了越国，家乡人为西施的健康而担忧，但是都不知道该如何才能让莼菜保鲜。这时，有个胡子花白的老头站了出来，说他有个主意。大家都认得这老头，他姓张，家就住在湘湖边的一个村子里，以采卖莼菜为生。

张老汉告诉越国的使者："莼菜要保鲜，离根不离水。"

使者纳闷地摇摇头，表示不明白这话的意思，张老汉便细细道来——

将湘湖中最鲜嫩的莼菜采下后，立刻装进盛满湘湖水的陶罐内，然后快马加鞭，将陶罐送往吴国。这样，可以缓解莼菜脱鲜的速度。

"只不过，这个装莼菜的陶罐是有讲究的，"张老汉强调说，"陶罐必须要用湘湖湖底的黏土制成。湘湖湖底的黏土土质细腻，黏性好，更重要的是，用这种黏土做成的陶罐，能最高限度地保持湘湖的水质不受改变，这样一来，泡在水里的莼菜才不会变质。"

使者听了，点点头深以为然，百姓们听了也纷纷表示这是个好主意。于是，使者将张老汉的建议报给了越王。越王传下命令，湖边百姓圈地筑堤，将堤内的水排走后，挖取湖底的黏土，由专业的制陶师傅，烧制陶罐。

第一批陶罐顺利地制成了，每个陶罐大小如灯笼，里面装上湘湖水浸泡莼菜，快马加鞭送至吴国皇宫。

于是，就是用这个法子，西施终于喝到了滋味纯正、鲜香爽滑的莼菜鲈鱼汤。有了药引子，再加上几副汤药，西施憔悴的脸庞渐渐红润起来，病愈后，再次跳起了响屐舞。

夫差大喜，重赏了送来莼菜的越国使者以及医官。医官又接着提议，为了防止娘娘心病再犯，最好每隔几天就喝一碗鲜浓的莼菜鲈鱼汤。夫差觉得有理，立刻下令越国使者，必须定时送来莼菜和鲈鱼。使者哪敢说不，只得答应下来。

从此，常有装着莼菜的快马，来往于吴越之间。

春去夏来，日子一天天过去了，一眨眼就过了仲秋。眼看着湘湖中最后一批莼菜将要采尽，这下该怎么继续将莼菜送往吴国呢？要是不按时把莼菜送去吴国，万一

〔清〕董棨《太平欢乐图·莼菜》

吴王怪罪下来，引起两国纷争，这可如何是好！

越王皱起了眉头，朝廷上的大臣们可不懂这些，越王只好派使者去百姓间询问对策。

使者来到湘湖边的村子，把村民们召集起来商量。最后，还是上次那个花白胡子的张老汉给出了主意，他说："莼菜要过冬，必须泡醋中。"见使者又是一副不明所以的表情，他就解释起来——

要想在冬天也吃到莼菜，唯一的办法就是用醋浸泡，延长保质期。

使者有些担忧："可是，用醋泡过了，莼菜本有的鲜滑美味不会被破坏吗？"

张老汉捏了捏胡须，继续说道："这个办法其实有两个步骤，第一个步骤是醋泡，第二个步骤是洗水。等到要吃的时候，提前一天把莼菜取出来，用新鲜的湘湖水浸泡一夜，将酸醋彻底去除干净。这样的莼菜虽然比不上新鲜采摘的口味鲜美，但还是尽可能保持了湘湖的特质。"

对于张老汉的这个主意，使者还是有点吃不准，他决定先试一试看看究竟。于是，他让人去湘湖采摘了一坛子莼菜，用酸醋泡了足足七天。接着又将莼菜取出，用湘湖水把莼菜冲洗干净，并浸泡了一整夜。第二天，他在村子里支起两个土灶，每个土灶上都架了一口大铁锅，而土灶前则放着一个空碗，不知有何用。

这两口大铁锅吸引了好多村民来看热闹，他们都想不通使者这是在搞什么花样。很快，大铁锅里都冒出了蒸腾的热气，大家伸长脖子使劲嗅着鼻子：好香啊！

有几个村民鼻子特别灵："啊，那是鲈鱼莼菜汤的味道！"

使者挥挥手，几个仆人端着从两口锅里舀出的鱼汤，开始分发给村民，左边锅里的汤盛在一个绿碗里，右边锅里的鱼汤则盛在一个黄碗里。同时发到村民手里的，还有一颗绿豆和一颗黄豆。

使者说："各位，你们都来品尝一下这两锅鱼汤，觉得绿碗好喝的，就把你手里的绿豆丢进左边土灶前那个碗里，如果觉得黄碗好喝的，就把黄豆丢进右边土灶前的碗里。如果你觉得两碗汤一样好喝，就把两颗豆子都投进碗里。"

大家都觉得很稀奇，马上开始品尝起来，喝完鱼汤，咂咂嘴，接着，就走到土灶前开始丢豆子。

等村民们散去，使者让人把两个碗里的豆子都倒出来。一数，两边的豆子数居然一模一样。这下，使者彻底放心了。原来，这两口锅里的鱼汤，一锅是用新鲜莼菜做的，另一锅用的是酸醋浸泡过的莼菜，结果，并没有人品尝出有何不同。

使者便将酸醋浸泡的办法汇报给了越王，还给越王品尝了两种莼菜做成的鱼汤，越王也表示两者没有什么区别。

于是，湘湖里最后一批莼菜被采摘起来，挑拣后，用上好的宜邑（今江苏镇江）醋浸泡密封在上百个坛子里，送往了吴国。有了这些存货，足可支撑到明年春天新鲜莼菜上市了。

从此之后，依然常有快马来往于吴越之间，只不过，现在运送的都是用来冲洗泡过醋的莼菜的湘湖湖水了。

就是用这个办法，身在吴国的西施，随时都能品尝到故土的滋味。

若干年后，吴越两国再次开战。兵强马壮国力更胜一筹的吴国不知为何节节败退，最终，三年后，吴国城破，吴王夫差自杀身亡。越王终于成为春秋时期的最后一任霸主。

战争结束了，在一次庆功宴上，越王多喝了几杯，趁着酒意，终于说出了获胜的先机，原来，他在吴国早就秘密安插了许多眼线，这些探子将打探到的各种吴国的机密，都藏在了坛子里，让负责运输莼菜的越国使者顺利地带出了吴国的国境。

这一年春天，绿油油的莼菜铺满了湘湖水面。青山碧水，晨雾缭绕。身体依然硬朗的张老汉提着一个木桶来到湘湖边，他解开一叶小舟，随波逐流，船至湖中，他拿着一根细细的竹竿，挑开湖面上的水草，开始采摘莼菜。这时，他听到远处传来隐约的划桨声，抬眼望去，只见前方一艘方头木船，船头站着一个衣着简单、容貌绝美的女子。女子冲着张老汉微微一笑，弯腰屈膝，施了一个礼，接着，桨声再起，木船很快消失在了淡淡的薄雾中。

张老汉愣怔许久，回过神后，又开始低头采摘莼菜。他并不知道，那个美丽的女子，正是来向他道谢的西施。

西施去往吴国时，正是鲜藕上市的季节。临行前，百姓送来一筐鲜藕，一路上，西施吃着乡亲们送的藕，满心感动。到达吴国后，她托人送回藕节、藕芽，让乡亲们种在湘湖中，表示她的心像藕丝一样永远与故土的山水相连。因此，湘湖的藕又叫"西施藕"，味道特别鲜美。

老底子逸事 **HANG ZHOU**

程门立雪的主人公杨时，
赴任萧山筑湘湖

　　杭州萧山的湘湖，被称为西湖的"姊妹湖"。能与大名鼎鼎的西湖比肩，湘湖景色之俊美旖旎不在话下，而且，她还是一项造福萧山百姓的大型水利工程。主持开筑湘湖的，正是"程门立雪"的主人公——北宋著名的哲学家、文学家杨时（1053—1135）。

　　杨时从小就聪明过人，被人称为神童。幸好，"伤仲永"的悲剧没有发生在他身上，长大了的杨时同样很

湘湖冬景

〔明〕仇英《程门立雪图》

优秀，23岁考中进士，41岁时，杨时对理学已经有了相当深的造诣。尽管如此，杨时仍非常谦虚，面对老前辈们，姿态几乎低到尘埃里。比如这一天，他去拜见洛阳著名的学者程颢，刚巧程老师在屋里打盹，为了不打搅老师的好梦，杨时就立在院子里干等。等着等着，鹅毛大雪从天而降，杨时还是一动不动，等程老师醒来时，身上已经罩了厚厚一层积雪，成了一个"雪人"。后来，这件事作为尊重老师的典范成为学界的佳话。

做学问，杨时刻苦勤勉，尊师重道；当官，他也是尽心尽力，所到之处"皆有惠政，民思不忘"。北宋政和二年（1112），60岁的杨时来到钱塘江南岸的萧山，出任县令一职。

杨时早在上任之前，就听说萧山数月没有降雨了，但他想，江南怎么说也是锦绣之地、鱼米之乡，旱灾应该不会像内陆地区那么严重。谁知到了萧山一看，他的心顿时就沉了下去。只见炎炎烈日之下，禾苗焦黄，土田龟裂，农民们焦黑的脸庞上，写满对"水"的渴望。再这么下去，萧山数万百姓可就没有活路了。

杨时心里非常清楚，要让百姓得以活命，首先要引来水。但天不下雨，要去哪儿引水呢？县尉方从礼是本地人，杨时就把他叫来，问哪里可以俯瞰萧山的地势。

方从礼想了想，说："大人可以去县城南面的石岩山。山上有个一览亭，站在亭子里，天气好的时候，向西北能看到钱塘江，向东能看到绍兴地界。"

当下，杨时不顾天气炎热，让方从礼带着自己爬上了石岩山。汗流浃背的杨时站在一览亭中远眺，看到城西一带地势低平，有不少面积大小不等的小湖泊，便问

平湖似潇湘

是什么湖。方从礼说，这个湖呀，从先秦时期就有了，本来是一个很大的自然湖泊，可惜后来逐渐湮废，到唐朝末年，已经被分割成若干面积不等的小湖，现在，湖里的水更是少得可怜，有些湖甚至被当地大户填上土，充作耕田了。大人如果想用湖水浇灌农田，可以说比登天还难啊。

杨时没说话，继续远眺那些大大小小的湖泊。看着看着，心里有了主意……他的想法其实很简单："筑两塘于南北，一在羊骑山、历山之南，一在菊花山、西山之足，两相拦筑，而其潴已成。"说白了，就是退田还湖，积蓄湖水，用以灌溉庄稼。

原本这是一件大好事，谁知杨时的提议一经提出，那些侵占湖田的豪绅就跳了起来，退田还湖，就是动了他们的"奶酪"，那怎么能行？必须反对！他们软硬兼施，想尽了办法不执行。不过杨时不为所动，他顶住压力，将豪绅私占的湖田清出，又在方从礼等人的协助下妥善解决了涉地百姓迁徙安置、筑湖资金与技术以及由此造成的田赋之失如何弥补等一系列难题。

经过一年多的施工，面积近 40000 亩的巨湖基本成形。这个湖长约 19 里，宽 1 至 6 里不等，东北宽、西南窄，形似葫芦，"各处穴口，遇涝可闭，遇旱可启"。有人说这湖的气势不亚于潇湘之地的洞庭湖，就叫湘湖吧。

湘湖蓄水之日，萧山万众欢腾，家家户户在准备水车，大家都说周边九个乡的十几万亩粮田这下有救了。自己辛苦一场总算没有白费，杨时也非常高兴，挥笔写下《新湖夜行》一诗："平湖净无澜，天容水中焕。浮舟跨云行，冉冉蹑星汉。烟昏山光淡，桡动林鸦散。夜深宿荒陂，独与雁为伴。"

自从有了湘湖，大旱之年仍然有过半农田可以得到灌溉；而且，"湖中多产鱼鲜，又有莼菜，可炊以疗饥"。当地百姓盛赞杨时筑湖"利民及物，莫大之功"，经常画其肖像挂在家中瞻拜，还在湘湖边修建了杨长官祠。

明朝嘉靖年间（1522-1566），萧山又建了一座杨时牌坊。建牌坊的过程中还有一个石匠"应聘"的有趣故事呢！

话说杨时死后，萧山的百姓决定为他造一座最好的牌坊，以纪念他在萧山的功德。乡贤们集资募捐，很快就解决了资金问题，主办人立即派人到绍兴等地采办最好的石料，同时在县城贴出红榜，招揽最好的工匠，来建造这座牌坊。榜文写得清清楚楚——揭榜者必须带上最能体现自己水平的得意之作，经评定可胜任后，方能最终得到这份报酬优渥的"工作"。

出榜招工匠的消息传开，石雕好手便纷纷前来，都想一显身手，但又怕自己的本事达不到要求，所以一时间谁都不敢贸然揭榜。

眼看着时间过去了七八天，还是没动静，主办人有点坐不住了。忽然，门外传来一阵嘈杂声，原来事情终于有了转机，有人来揭榜了！这是一位40岁左右的中年汉子，只见他挤进围观的人群，充满自信地一把将榜文从墙上揭了下来。主办人又惊又喜，忙招呼他坐下，然后问道："师傅愿为建杨大人的牌坊出力，真是可敬可佩。不知带来何物应试？"

中年汉子"哦"了一声，从随身的青布袋里捧出一样东西放在桌上。众人定睛一看，原来是一只石雕鸟笼。这石鸟笼上有圆顶，下有垫板，笼栅粗细均匀，里面竿子上停着一只画眉，抖动翅膀，伸长脖子，一副正在鸣叫的样子，果然是一件难得的精品。大伙儿纷纷竖起拇指点赞，主办人也十分高兴。

就在众人对中年汉子的手艺赞叹不绝时，又闯进来一个背着麻袋的小伙子。小伙子二十五六岁，身体壮实，虎背熊腰，两眼闪烁着聪慧的光芒。他一边走一边大叹："哎呀，我紧赶慢赶还是迟了一步，榜文还是叫别人给揭了！"

主办人一听，问他："怎么，小伙子，你也想为建造杨大人的牌坊出一份力？"得到肯定的答复后，主办人继续问："那你带来啥得意之作了？不管谁先揭的榜，反正你来都来了，让大伙儿都开开眼吧。"

小伙子也是个爽快人，便卸下肩头麻袋，取出一个两尺长、一尺宽的石算盘。大家围过来看稀奇，这算盘同鸟笼比较，到底哪个工艺更出色呢？都说外行看热闹，内行看门道，为了比较这两件东西，主办人请教了不少能工巧匠。总结众人的意见，最后的结果是：石雕算盘的功夫，要比那石鸟笼略胜一筹。石算盘框架上是二龙抢珠和代表五谷丰登的稻穗浮雕，底上也有一块垫板。这些技艺和石鸟笼不相上下。最终胜过石鸟笼的，是那21档147颗算珠。这21根珠杆，粗细一致，光洁生亮，根根像竹做的一样；算盘珠虽然每颗足有三四两重，拨动起来却十分灵活，毫不费力。

真是强中自有强中手，那中年汉子拨弄着算盘珠子，输得心服口服。他朝那小伙子拱了拱手，道："小师傅年纪轻轻，就有如此手艺，实在是让人佩服得紧啊！为杨大人建造牌坊一事就拜托小师傅了！"说罢，捧起石鸟笼放入袋内，准备离开。

"且慢！"小伙子说罢，转头对主办人说，"建造牌坊是个大工程，靠我一个人也无法完成，这位大叔手艺高超，也是难得一见，不如我们两个一起留下，一起好好干吧！"

这话其实说到主办人的心坎里了，他马上拍板："好，好事成双，两位都留下吧！"

就这样，杨时牌坊工程就由小伙子和中年男子携手接下了。他们精心设计，日夜开工，把百姓对杨时的敬重全部倾注在这工程上面。

一年以后，在萧山的大弄口矗立起一座"石檐飞轩，斗拱龙栋"的石牌坊，牌坊雕工精美，分上下两层，下层以四大柱分三隔三通道，中隔上层正中镌"圣旨"两字，下层横额镌"敕建宋萧山县令龙图阁直学士谥文靖杨时之坊"。人们经过这里，都要停下脚步抬头仰望，细细观赏，缅怀杨时对萧山的不朽功绩。

小链接：

1450 年，明朝的吏部尚书魏骥告老还乡回到萧山。他看到当时湘湖已年久失修，湖堤坍塌，湖滩淤积，侵占严重，便向县令陈情，动议修复湘湖，使湘湖蓄水增多，从而保住了沿湖农田防旱防涝之利，再一次造福萧山百姓。后来，人们也将魏骥入祀德惠祠，同受后人祭祀。杨时与魏骥，一个筑湖，一个护湖，相隔三百余年，最终都因治理湘湖而名垂青史。

湘湖龙井，焦土种出的神茶

　　"天下名茶数龙井"。平常我们讲得最多的，是"西湖龙井"，但龙井的概念不限于西湖龙井，它在浙江省内有三大区域，西湖产区、钱塘产区和越州产区。湘湖龙井就属于钱塘产区，它的源头就是茗山茶。

　　茗山位于萧山湘湖旁，顾名思义，这里满山都是茶树，以"山多茗"而著称，这里出产的茶叶品质优良、口味香醇。在斗茶文化风靡的宋代，茗山还是当时的一处著名斗茶地。《会稽三赋》云："茗山斗好。""斗好"指的就是斗茶。茗山脚下有个小村子，村子里的人大多以种茶卖茶为生。我们这个故事的主角杜仲明家里就有一片茶园。在他18岁那年，父亲感染重病，看病花光了家里的积蓄，连茶园也典卖了，还是没能留住父亲性命。

　　父亲死后，杜仲明和母亲相依为命，可是屋漏偏逢连夜雨，家里的房子因为一场意外的大火毁于一旦。母子俩只得在一片废墟中重新搭起一间草屋，艰难度日。

　　这一天，杜仲明从草屋中出来，发现屋后的空地上，有一片绿油油的嫩芽从一片焦黑的土地中冒了出来。他好奇地凑近细瞧，发现竟然是一棵茶苗。

层层茶田

这一棵茶苗的种子，也不知是从哪来的，恰巧落在这片劫后的土地上，竟然奇迹般地生根发芽了。看到这棵茶苗，杜仲明仿佛看到了父亲，他心中悲喜交加，感慨万分。从那天起，他天天去检视这棵茶苗，细心浇灌，精心侍弄。

村子里有不少种茶高手，他们好心地提醒杜仲明，被烧过的土地由于火气太大，三年内是不能种茶的。即使茶树没有枯死，味道也会大打折扣。

但是对杜仲明来说，这棵茶树是他和父亲之间的一种牵绊，味道好不好那是次要的，所以他还是每天"精心伺候"这棵茶树。日子一天天过去了，很快到了采摘的季节。这天，杜仲明将茶树上的嫩叶小心地摘了下来，由杜母用铁锅精心炒制出了不足二两茶叶，他们决定在清明节这一天，带着这新茶，去杜父坟前祭拜扫墓。

这天傍晚，一个青衫老者敲响了杜家的门。老者说自己在湘湖游玩，走得累了，想来讨碗凉水喝。

清明采茶

杜仲明很大方，说喝凉水肯定不行，说着就去烧水准备泡茶。老者一个人坐在饭桌旁，看到桌上放着一个装茶叶的白瓷罐，凑近仔细一闻，似乎还能嗅到从罐子里传出的幽幽的茶香。水烧好了，可是杜仲明却从一个青瓷罐里取了一小把茶叶，丢进了茶壶冲泡起来。

老者看在眼里，有些不悦地道："小兄弟，你家明明有好茶，为什么不肯给老朽尝尝呢？"

杜仲明不解地问："我家平时喝的都是这种茶叶，并没有故意怠慢您啊？"

老者斜眼看了看那个白瓷罐。杜仲明恍然，忙将焦土种茶的事说了一遍，又说这茶叶味道肯定不会好。

老者听了点点头："焦土三年不能种茶的道理我也明白，只是我对茶叶也略有些讲究，这白瓷罐里的茶叶确实有一股奇特的香味，这倒是奇怪了。"

杜仲明见这老者对这茶感兴趣，心里也很开心，就说等自己用茶叶祭拜过父亲后，一定请他品尝。于是，两人约好了清明节后再见。

清明节的第二天，老者如约而至。杜仲明拿着最简单的粗瓷茶壶，沏了两杯茶。一杯给自己，一杯则给那老者。

老者端起茶杯，先闻了闻，幽香阵阵；再观茶色，清澄碧绿；继而细品，余味悠长。"好茶，这绝对是好茶！"他赞不绝口，又难以置信，"这茶真的是种在焦土上的？"

杜仲明见对方不信，索性拉着老者来到屋后的空地上，让他自己去看。经过一年多的风吹雨打，焦土倒也不再触目惊心，但依然看得出当年大火的痕迹。只见一棵绿油油的茶树，就长在这片荒土之中。

老者大呼奇怪，他绕着茶树转了一圈，又绕着杜家的草棚绕了一圈，前后观望了许久，这才拍手叹道："原来如此。这真是天降福茶啊！"

烧过的土地确实三年内不能种茶，因为茶这东西最喜湿恶燥，地里要是有火气，休想种出好茶来。可妙就妙在杜家所在的村子地势绝佳，村前就是湘湖，村后的茗山又刚好流下来一道清泉，这相当于是被两条水龙夹着。水汽雾气不断，再加上今年雨水特别丰富，就抵消了地里的火气。不仅如此，那一点点残余的燥热之气，反倒将茶叶自身蕴含的凛冽之气勾了出来。就如同药引子将药性全部引发出来一样，形成了一味绝妙好茶。

老者说得头头是道，杜仲明听得心悦诚服，他忍不住问老者究竟是何人，为何对茶如此有深究。老者却笑笑不语，只是告诉杜仲明，下个月杭州城隍阁里有一场比茶大会，全省各大茶商都会带着自家的招牌茶去参加比赛，夺得头筹者能得到一千两银子的奖金。一千两银子对那些茶商来说自然不算什么，但他们都想借这个机会打响自家茶叶的牌子。老者问杜仲明可有兴趣参加。

杜仲明初生牛犊不怕虎，痛快地答应下来。到了比茶大会的那一天，他揣着一包自家种的茶叶，提了一个陶壶，就来到了城隍阁。只见这里商贾云集，很多茶商早早就等候在那儿排队报名，看热闹的老百姓也将城隍阁挤得满满当当。

杜仲明来到城隍阁入口处，刚一提报名的事，却立

吴山城隍阁

刻被一个伙计挡了回来："你以为这个比赛是人都能参加吗？今天来的可都是江南著名茶商啊，你一个小小茶农，既没有招牌，又没有引荐，瞎凑什么热闹？"

杜仲明闹了个满脸通红，刚要走，忽听身后有个苍老的声音说道："这小兄弟的茶我来推荐。"

杜仲明扭头一看，正是那天来自家品茶的老者。那伙计也看到老者了，忙点头哈腰地过来请安："古老爷子，您来啦！"

原来，这老者正是杭州城著名的制茶大师古一品，他也是这次比赛的裁判之一。有了古老爷子的推荐，杜仲明顺利地报了名。不过，参赛的茶商都带来了自己的品牌，杜仲明的野茶无名无姓，古老爷子便让他给茶叶取个名。杜仲明想了想:"我这茶树就种在湘湖边上,不如就叫湘湖龙井吧。"古老爷子连连点头:"好,就叫这个名字!"

城隍阁里面,早已坐满了各大小茶商,伙计拿着黄铜小锣敲了三响后,比赛正式开场。

参加这次比赛的有好几种龙井,每家茶商各有各的制茶秘方,因此比赛显得尤其激烈,也特别考验裁判的鉴赏能力。

第一个上场的是南宫茶园的大当家,他泡的是梅坞龙井。只见他身着白衫,腰缠玄巾,来到一个临时搭起的高台上,放上一套精美的成华窑,然后又将茶匙、茶漏、茶夹、茶针等一一放在桌上,接着,就开始手法娴熟有条不紊地泡起茶来,洗杯、凉汤、投茶、润茶……一气呵成。很快,三杯清茶倒入杯中。三位裁判分别上前,端起茶杯细细品尝起来。

茶具

这三位裁判，除了古老爷子外，一位是杭州知府，还有一位是特意从安徽请来的徽茶大师罗安泰。

三人品茶完毕，相视一笑，满意地点点头。

接着，其他参赛者一一上场。杜仲明最后报名，排在最后一个。眼看着比赛将近尾声，杜仲明将随身携带的那个陶罐子交给方才门口遇到的那个伙计，罐子里装的是他特意带来的湘湖水，他让伙计将水烧开。

杜仲明没有自带茶具，用的是赛场提供的最简单的白瓷茶壶。装好茶叶后，他从伙计手中接过烧开的湘湖水，将水倒入壶中。等了片刻，待茶叶泡开后，便将茶水倒在了三个杯子里。

三位裁判上前品茶。古老爷子心里有数，饮后笑而不语；杭州知府也是个爱茶之人，一口下去，不由眼睛一亮；那徽州的罗安泰更是精通茶道，只见他先是一愣，继而又浅吟一口，感叹道："奇香扑鼻，入口甘醇，余味悠长，奇怪奇怪，老夫竟从没喝过这种口味的龙井。"

他这话一出，在座的茶商们更加好奇了。杜仲明那一棵茶树一共也就收了不到二两的明前茶，他见众人对自家茶叶这么感兴趣，索性将怀里的茶叶全都拿了出来，泡好茶后分给众人品尝。在座的都是懂茶之人，品后无不夸赞。大家又听了杜仲明焦土产茶的故事，更是啧啧称奇。

这边茶品完了，那边比赛的结果也出来了，狮峰龙井拔得头筹。

杜仲明虽然从没奢望能夺冠，但看到自己的湘湖龙井广受好评却铩羽而归，心里还是有些失落。他告别众人，失望地离开了城隍阁。

走到半路，忽然听到身后有人在叫他，扭头一看，原来是古老爷子。他叫住杜仲明，道："你知道今天为何狮峰龙井获胜吗？"

杜仲明摇摇头。

古老爷子道："你听说过乾隆皇帝十八棵御茶树的故事吧？"

杜仲明绝顶聪明，一听这话，立刻揣摩出了其中深意。当年乾隆皇帝喝了狮峰山胡公庙前的龙井茶后，大为受用，下旨将封庙前那十八棵茶树封为御茶树，年年进贡。有了皇帝的御笔亲封，这狮峰龙井若不得头名，其他人怎么敢拿第一？所以，即使杜仲明的湘湖龙井广受好评，但还是无缘榜首。

"比赛结果并不重要，重要的是湘湖龙井已借此机会打响了招牌。"古老爷子说着掏出一个布包，"这是五百两银子，你的茶叶虽好，但只有小小一株，这笔钱是给你的投资，你回去后要好好接种，培育更多的湘湖龙井，等到明年春茶丰收的季节，我会上门收购，我们一起把湘湖龙井这个招牌推向全国。"

杜仲明听后感激万分，收下银子，拜别了古老爷子就回家去了。

回到村子后，杜仲明用这笔钱买下一块茶园，精心培育自己的湘湖龙井，第二年茶园大丰收，古老爷子如约前来收购，茶叶在市场上卖了个好价钱。

随着湘湖龙井的推广，人们对此茶的滋味无不点头称赞，购买茶叶的人越来越多。杜仲明却不以奇货独居，他将湘湖龙井的制法传授给村里人，还将自家培育的茶苗低价卖给同行，让更多的人都来种植这焦土种出的"福茶"。

从此以后，湘湖龙井的名头越来越响，成了湘湖边的一个精彩传奇。

小链接：

湘湖茗山，山很小，可它在浙江的茶叶史上名气特别大。唐代陆羽《茶经》中有这样的记述："其地：上者生烂石，中者生栎壤，下者生黄土。"意思是，种茶的土壤，以岩石充分风化的土壤为最好，有碎石子的砾壤次之，黄色黏土最差。而茗山正属于"生烂石"的山，是种好茶的绝好土壤。

2017 年，茗山一带发现汉代墓葬群，考古队共挖掘 100 多个墓穴，墓葬年代以两汉时期为主，也有两晋及一些明清墓葬，出土文物 900 多件，其中包括部分青铜器。上千年的古墓聚集在这里，近千件的文物在这里出土，证明了茗山的悠久历史，也为现代人研究萧山的历史提供了重要参考资料。

大慈岩，观音大士与地藏王菩萨的三次"赛跑"

全中国共有十二座悬空寺，浙江也占得一席，那便是有着"江南第一悬空寺"之称的大慈岩悬空寺。大慈岩悬空寺的主建筑"地藏王大殿"，一半嵌于岩腹，一半凌空绝壁，每当云雾缭绕，大殿时隐时现，远远望去，真如海上仙山、天上琼阁一般，因而被列为"新安十景"之一。

那么，这座仙宫一般的悬空寺究竟坐落何方呢？它就位于杭州建德市南面 24 千米处的大慈岩，从杭州市区出发，开车也就两个小时左右的路程。大慈岩是一个佛教文化和秀山丽水完美结合的旅游胜地，素有"浙西小九华"之誉。"大慈"的名字因何而来？据县志载，元大德年间（1297—1307），有个叫莫子渊的临安人，一日梦到自己来到建德南面的一处锦绣之地，见此处山形诡怪，五峰连绵，如指屈成一拳，直插云天。山上峻岩峭壁，巨石累累，山涧流水淙淙，终年不断。梦中的他在此地潜心修佛，终得大成。醒来后，莫子渊念念不忘梦中奇景，终于遵循梦境所示，弃家来此，并请来能工巧匠，将一块山中天然巨石雕琢为佛像，号曰"大慈"。又在山崖的石腹中建起一座金碧辉煌的佛殿，每日顶礼膜拜，潜心参悟。后来，人们以佛为名，把这座山叫作

大慈岩

大慈岩。

不管是正式的记录，还是传说故事，作为浙西三大佛教圣地之一的大慈岩都与"佛"密不可分。关于大慈岩的传说最广为人知的版本是这样的——

某一天，佛祖如来高坐莲台，在西天佛国讲经说法。讲坛下坐满了前来听经的诸天菩萨、罗汉金刚，济济一堂，鸦雀无声，整个佛坛显得庄严肃穆。

如来正讲到玄妙之处，突然听到讲坛下一阵骚动，抬起慧眼一看，发现说话的一个是主管万物生灵的地藏王菩萨，另一个是救苦救难的观音大士。如来心里就有点不太高兴了，心想，这两位功德也不算浅了，怎么今天竟破坏了佛坛规矩，于是就给了他们一个"自己去体会"的眼神。地藏和观音见了，自知犯了戒规，连忙收声，潜心听讲。

等到讲完佛经，如来把刚才违反"课堂纪律"的两人叫到跟前，问他们方才到底为了何事议论不休。地藏和观音不敢隐瞒，忙说明缘由——他们来西天听经的路上，经过东南方一座山岭，山上灵石巍峨，奇花芬芳，两人都想到那里去广施慈悲，普度众生，不觉就为了"抢地盘"的事争论了起来。如来听了，好奇心被勾了起来，心想地藏和观音又不是没见过世面的小神，究竟是什么好地方，竟然能让他们两个同时青睐有加。不过，两人这样"抢地盘"终归不是个事，于是说道："广施佛法、普度众生是大好事，你们两位不如一同前往，各走各的，哪个先到，就由哪个永享该处香火。"地藏和观音一听如来这么说，赶紧告辞出发。

地藏是从地下走的，眼前一片漆黑，正好心无旁骛，脚程飞快。他一边走一边估算路程，想想差不多了，又想看看观音有没有赶到自己前面，于是探出半个身子往外一瞧，发现已经到了山中。他心里那个高兴啊，忍不住哈哈大笑。这一笑不要紧，可把整座山给震动了，震得山上的石头直往山下滚，大石头压小石头，小石头撞大石头，轰隆轰隆，哗啦哗啦，滚得满山满坡全都是石头。如今你到大慈岩去，还可以看到垒在山坡上的大大小小的石头，就是那时候震下来的。据说，当年连寿昌、兰溪方圆几百里的地皮都被震得摇摇晃晃，房顶上的椽子瓦片嘎嘎响。

且说地藏正笑得高兴，突然觉得头上一凉，湿了一片，但此刻阳光正好，没有下雨啊。抬头看去，只见观音站在对面山头上，正用柳枝挑了净瓶水洒向自己呢。原来，观音早已脚踏祥云来到石山上空，降下云头正好看见地藏钻出身子哈哈大笑。观音心想：瞧把你乐的，我可比你早到一步。于是就拿净瓶里的水"戏弄"地藏。这净瓶圣水不同凡响，只见地藏出土的岩洞边上出现了一股清泉，长流不断。在地藏面前的岩石上也出现了一个碗口大的小水池，一年四季，不浅不溢，即使大旱天也不会干涸，这就是现在的观音泉。

这座山是块灵山佛地，观音和地藏谁也不肯让谁，就这样面对面望着，再也不动啦。后来，人们在观音落座的地方修了座观音阁，在地藏出土的地方造了座地藏殿。这里供的地藏与别处不同，只有半个身子，因为他的下半身还在地下没有出来呢。因为这两位菩萨都是大慈大悲的，以后这座大山就被叫作"大慈岩"了。

在这个故事里，观音比地藏王早到一步，不过，另一个版本的大慈岩的传说里，在这场"脚力比赛"中捷足先登的却是地藏。除了比赛结果不一样，这个版本的故事中出场人物也略有不同，但主角还是观音和地藏。

大慈岩有一块飞来石，这块石头其实一开始并不在这里，而是跟着观音从普陀山飞来的。大家都知道，观音经常在海天佛国普陀山盘陀石上讲经，这块石头便是观音的忠实信徒。他听说观音有八千一百部经，只要听完法经，不管飞禽走兽、花草树木，还是像它这样的顽石，都会成佛成仙。所以，只要观音讲经，这块石头必定在一旁细细聆听。

有一年，观音和地藏到天庭议事，听到大慈岩土地向玉帝奏本说："大慈岩五峰如指，弓曲成一拳，四面玲珑，宛如房屋。内有石笋从地涌出，灵山早得仙气，请求玉帝尽早派人坐镇。"观音和地藏王听说大慈岩是如此圣地，都争着要去。观音首先表态："我有八千一百部法经，能使百姓享福，山石成仙。这个地方我去合适。"地藏表示异议："我能镇妖除魔，为民除害。那地方我去更好。"他俩各执己见，互不相让。玉帝一时拿不定主意，只好把太白金星招来。太白金星想来想去，最后想出了一个简单有效的好办法，就对观音和地藏王说："你们各自施展各自的本领，谁先到大慈岩，这块宝地就归谁坐镇。"

观音和地藏听了都点头同意。于是，观音驾起祥云向大慈岩飞去，地藏王施展钻地的法术，从地下向大慈岩走去。片刻工夫，观音就飞到了大慈岩，往下一看，这山石峰连绵，直插云天，确实又险又奇，不是一般的地方。观音迷恋美景，在空中飘来飘去看不够。突然，她看见半山腰里有个人稳坐在那里，定睛一看，竟然是地藏。原来地藏和观音是前后脚到的，但他见观音飘飘然在欣赏山景，就趁机悄悄择好位置钻了上来。没等观音降下云头，他已经坐好正位了。观音气得牙痒，明明自己占得先机，却还是功亏一篑。没办法，只好在地藏西侧的一个洞里住了下来。她越想越后悔，越想越生气。地藏赢了比赛，摆出高姿态，说："观音大士，你也不要生气了，我以东道主的身份，邀请你长留在山上，你想待多久就待多久。"

他这话可让观音更为愤愤不平了，观音这边和地藏斗气，不免就忘了普陀山上的那些信徒。

信徒们在盘陀石边等啊等，一连等了七七四十九天，也没见观音回来。后来才听说观音已到大慈岩去了，就急着从普陀赶到大慈岩去，那块石头也跟着大家驾起祥云向大慈岩飞去。不料等它飞到，早就消了气的观音已起身回普陀去了。这块石头一急，"哗啦"一声掉了下来，不偏不斜正好落在观音住过的洞下边。它只有飞来的法术，没有飞回去的本事，只好眼巴巴地望着观音住过的洞，天天盼，年年盼，盼观音早点来大慈岩传经授法。

后来，大家为了安慰这块石头，就在观音住过的"洞天一览"里塑了一个观音佛像。

据说这故事还有第三个版本，大致情节依然是地藏和观音"赛跑"，迟到一步的也还是观音，只不过这一次迟到的原因是，脚踩祥云的她在途中看到人间纷扰，百姓苦难，心中不忍，就摘下自己宝座的莲子，洒向人间救助世人，并留下一句"空空一丘田，心齐好种莲"的偈语，让世人去参悟。

传说虽然各异，但在大慈岩的传说里，总少不了观音和地藏的身影。故事里的菩萨、神仙，和普通人一样充满了七情六欲，好胜却也宽容，威严之中多了一分可爱。这样的设定符合老百姓的欣赏趣味，特别受民众喜爱，他们的故事也就一代代地流传下来了。

小链接：

大慈岩位于建德市城南24千米的大慈寺山麓的杭村镇，是新安江风景名胜区的重要景区。大慈岩主峰险峻挺拔，形如紧握五指的铁拳，直冲蓝天，号称"一拳峰"。农历七月三十是地藏涅槃日，大慈岩因历代供奉地藏王，每年的这个时间都会举办庙会，通宵达旦，非常热闹。

"复仇之神"伍子胥的
建德奇遇记

要说到春秋时期的著名人物，军事家、谋略家伍子胥必须名列其中。他本是楚国的一个"官二代"，老爸伍奢是楚平王的儿子太子建的老师，知识渊博，德高望重。作为太子傅的儿子，伍子胥自然春风得意，少年得志。可惜，楚平王的一念之差，打破了伍子胥的幸福生活。

楚平王一直对自己的接班人太子建不是很满意，想要废除太子。历史上给出的理由是，楚平王看上了儿子的老婆，想把儿媳妇占为己有。若干年后的唐玄宗李隆基看到这里恐怕会笑而不语。

不管史书上记载的这条理由是否属实，总之楚平王确实对儿子动手了。他先是暗中谋划刺杀太子，又清理了太子身边的重要人物，伍子胥的老爸作为太子傅当然包含其中。楚平王把伍奢抓了起来，并且逼他写信，要他把大儿子伍尚和二儿子伍子胥叫到当时楚国的都城郢，目的当然是斩草除根。接到父亲的信，伍尚知道此去凶多吉少，但他决心要做个孝子，陪着父亲慷慨赴死。而他又不想让伍子胥和自己一样的命运，于是说："弟弟啊，你一定要好好活下去，有朝一日，为父亲和我报仇！"

面对这突如其来的灭门之灾，复仇之火在伍子胥心中熊熊燃烧，烧干了他眼里的热泪。他决定吞下一切苦难，将来一定要手刃仇人！

楚平王当然不会放过他这条漏网之鱼，"通缉令"贴满全国。楚国是待不下去了，怀着一腔悲愤，伍子胥踏上了流亡之旅。当时诸侯国之间在不停地争夺霸权，他打算投奔吴国，借吴王之力，推翻楚平王，为父兄报仇。一路的艰辛和风险自不必说，伍子胥过昭关，经分水，翻山越岭终于进入建德境内。

站在高高的山顶，伍子胥望着脚下郁郁葱葱的吴国土地，逃出樊笼、脱离险境的他心情激荡，兴之所至，忍不住抽出随身佩剑，且歌且舞起来：

剑光灿灿兮生清风，
仰天浩歌兮震长空，
员兮员兮脱樊笼！

就在伍子胥忘乎所以时，忽听茂林中传来一把苍老却浑厚的声音："子胥，你切莫高兴得太早了！"

伍子胥大惊，赶紧收了剑转身四顾。脚步声由远而近，一个须发皆白、手持竹杖的老者从山林中走了出来。伍子胥见他鹤发童颜，双目炯炯，身形飘逸，知道绝非凡人，忙将佩剑插回剑鞘，拱手问好。

老者拈须微笑，只是问他："你只身来到吴国，虽有满腔抱负，但凭什么取信吴王？凭什么治理吴国？"

伍子胥听了一愣，他之前只顾逃命，确实从未想过这些现实的问题。不过，既然老者这么问，必定已有了答案。伍子胥"扑通"一声跪倒在地，磕头求教："老人家，请为子胥指点一二。"

老者举起手中竹杖，朝前方一指："那里有一个山洞，你且随我来。"说完便在前面带路。

伍子胥赶紧跟着过去，不一会儿，两人来到一处隐藏在茂盛藤萝后面的石洞。伍子胥正好奇地向内张望，一转身，却发现老人已经不见了踪影，只有他方才踏足的一块青石板上留下的一对巨大的足印。伍子胥再次跪下叩拜，接着，小心翼翼地摸进了石洞。

洞内甬道狭小，雾气弥漫，一缕徐徐的微风掠过伍子胥长满胡荏的脸，显然前面别有洞天。走了百八十步，眼前陡然一亮，洞顶变得开阔起来，而且光线充足。只见石室内不仅有石床石椅、石床清泉，一桌热气腾腾的饭菜也已经摆在石桌上，像是随时在等待来人的享用。伍子胥早就饥肠辘辘，看到喷香的饭菜，哪里还忍得住，马上吃了起来。两碗饭落肚，精神为之一振。又喝了一杯清泉水，更是神清气爽，两眼明亮。这时，他忽然发现石桌上原来刻着字，赶紧把碗盘移开，只见是一排排密密麻麻的蝇头小字。他低头看了起来，一边看一边不住点头，看到最后，不禁拍手叫好起来。等他看完最后一个字，那些神秘的字便渐渐隐去了，接着又出现了另一篇文章。

伍子胥心中诧异，难道这就是"天书"？来不及细细琢磨，最要紧的是趁"天书"消失前赶紧把内容牢牢记住。幸好他从小记忆力超群，一边看，一边将那些重要内容提炼出来，铭记在心。这些天书，上至天文下至地理，教化理财，用兵布阵，无所不备，就连吴楚之间各个雄关险隘都有记载。

伍子胥在石洞内每天钻研天书，不知不觉中时间悄悄流逝，也不晓得究竟过了多少日子。这天，当石桌上的蝇头小字再一次消失后，再也没有新的内容出现，取而代之的是十六个大字——读罢韵文，躬耕田垄；访求民情，安邦定国。伍子胥心中一顿，知道是时候离开这一方天地了。

出了石洞，循路而下，伍子胥一路急赶。他进洞之前，农田里的庄稼还是绿油油的，而此刻，冷风嗖嗖，草木枯萎，看来，时间起码已经过去了几个月。走着走着，人生地不熟的伍子胥失去了方向，不知身在何处。这时，他看到有个老农正在田垄边歇脚，便走过去打听。

谁知还没张嘴，肚子就先发出"咕噜噜"一声叫唤。也难怪，伍子胥一大早就开始赶路，一路马不停蹄，虽然此刻还没到晌午，但早已饿得前胸贴后背了。那老农也听到了他肚子发出的抗议，哈哈一笑说："这位客人想必是饿了，你要是不嫌弃，就跟我回家吃一顿早午饭吧。"

伍子胥喜出望外，跟着老农来到家中。因为还没到平时开午饭的时间，老农来不及准备菜肴，就拿出一个竹筒饭递给伍子胥。打开竹筒，一股竹子特有的清香飘了出来，伍子胥道一声谢，津津有味地吃了起来。

两人一边吃，一边闲聊起来。伍子胥从老农口中得知，这里叫大畈村，位于吴越两国的分界线上，而现在已经快到冬耕的时节了。伍子胥不由想起了石桌上"读罢天书，躬耕田垄"那几个字，是啊，要成就一番事业，民情不可不知，民心不可不测，耕作之事不可不闻。于是，他决定暂时不去吴都，留在大畈村，亲自与吴国百姓一起体验农耕的辛苦。他把自己的打算和老农说了出来。其实，

伍庙闻钟　引自明万历陈昌锡刊印彩绘本《湖山胜概》

老农早就看出伍子胥腰佩宝剑，绝非普通人，因此满口答应，说："你要是不嫌弃，就住在我家里吧。"接着，还巨细无遗地把吴国农家耕织之事——告知伍子胥。

伍子胥非常谦虚，把老农的话牢牢记在心头，还处处留意耕织经营之道，又把天书上所学有关耕作的知识毫无保留地与村民们分享。村民们见他博古知今，一肚子学问，对他也格外敬重。伍子胥在大畈村一住就是三个月。

过了新年，新安江春潮涌动，水路通行，伍子胥觉得是时候离开了。告别前，他向老农和村民们表明了身份，大家这才知道，面前这位一身农人打扮的汉子，竟然是楚国蒙受冤屈的忠臣之后伍子胥。大家依依不舍地将伍子胥送到渡口，望着他登上去往姑苏（今苏州）的船只。

伍子胥到了吴国，凭着自己出色的才能，果然受到公子光（即吴王阖闾）的重用，他帮公子光刺杀吴王僚，夺取了王位。又为吴国立城郭、设守备、练军旅、积粮草，把吴国治理得国富民强。

公元前506年，吴王拜孙武为大将，伍子胥为副将，率领大军大破楚国，一直打进楚京郢都。不过，那个时候楚平王早已经死了，他的儿子楚昭王落荒而逃。伍子胥手刃仇人的复仇计划没能实现，为了消除胸中的仇恨，他掘了楚平王的墓，鞭尸三百。正因为他掘坟鞭尸的举动，

黄宾虹《胥口写生图》

被后人安了一个"复仇之神"的称号。

有人说伍子胥的行为有些过激，还有人说他为了私仇叛国，是不义之举。但是换一个角度来看，伍子胥的所作所为只是被逼入绝境后的肆意反抗。那个时候，像楚平王这样的国君，昏庸暴虐，任意妄为，普通百姓则毫无话语权，哪怕像伍子胥的父亲，身为太子傅，生命财产都能在一瞬间被夺走。落难后的伍子胥，凭着自己的本事，勇敢、隐忍，一步步走向成功，他的精神，不也值得后人学习吗？

大破楚国的伍子胥，凯旋后官拜相国，此时的他，是否会记起自己初至吴国时在建德留下的足迹？但是，建德的老百姓肯定没有忘记他的种种事迹。即使时间过去了两千多年，建德依然流传着很多关于伍子胥的传说：伍子胥进入建德时路过的那条分水岭就叫"胥岭"；拔剑高歌且舞的地方就叫"歌舞岭"；白发老者指点他去看天书的石洞就叫"胥岭洞"；老农请伍子胥吃早午饭的那个山坡，叫"早午岭"；伍子胥躬耕过的大畈村又名"胥村"；至于伍子胥渡江东下的那个渡口，就是现在富春江上的名胜"新安十景"之一的"胥江野渡"。

小链接：

子胥渡位于胥溪入口处，这里群山环抱，江面开阔，渡口有石壁危立，上有摩崖石刻"子胥渡"三个大字，伍子胥便是在这里乘舟投奔吴国的。两千多年前，船是十分稀罕之物，规格不亚于现在的豪车，非等闲之辈可以享用。不知道伍子胥坐的是什么船呢？

刘伯温：履历表再添一笔，
我是梅城总设计师

　　至正二十三年（1363）的某日黄昏，严州府城门外，晚风拂斜柳，夕阳映归鸟。一匹老马驮着一个风尘仆仆的儒雅男子进了城门，此人正是朱元璋最仰仗的谋士刘伯温。为什么刘伯温没有跟在朱元璋身边，反而出现在严州城呢？原来，前些日子刘母去世，刘伯温告假回乡安葬了母亲后，惦记着紧张的战事，就急着从浙江青田（今属文成县）老家返回应天（今南京），一路奔波，这天刚好路过严州，眼看时候不早了，于是决定进城探访老友，顺便休息一晚，第二天再赶路。

刘伯温像

　　刘伯温的这位"老友"其实很年轻，他便是镇守严州的李文忠。李文忠是朱元璋长姐的儿子，骁勇善战，深得朱元璋的喜爱。至正十八年（1358），年仅19岁的李文忠领兵攻克严州府。入驻严州后，因府城久经战事残旧不堪，李文忠决心重建严州城。虽然他打仗是一把好手，但对城建却是个外行，这时候，他想起了被舅舅朱元璋称为"吾之子房"的刘伯温。刘伯温也曾协助李文忠打过好几次胜仗，两人交情不浅。

　　刘伯温没有辜负李文忠的托付，在他的规划下，新的严州府城在旧址上稍有挪动，新城东、西、南三面皆有天然之水环绕，起到护城河的作用，北面则倚山筑城，可以居高临下，视野开阔。更特别的是，刘伯温为新城设计了梅花形的城垛。"雉堞半作梅花形"，故而严州城也被叫作梅城，部分古城墙保存至今。

　　李文忠对新城的设计非常满意，自然在舅舅朱元璋面前大大地给刘伯温点赞。后来，朱元璋称帝，同样找刘伯温出任京城的总设计师。据《明史》记载，南京城

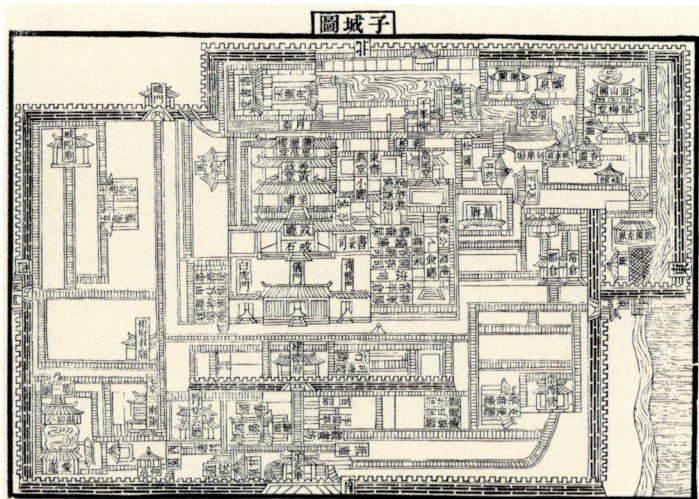

严州子城图　引自《严州图经》

的位置、范围，城墙的形制及城内皇宫的走向，统统出自刘伯温的手笔。

后话就说到这里，我们回到故事。刘伯温进了严州城后，与李文忠好一番叙旧。两人一直聊到半夜，这才分别睡下。第二天一早，刘伯温忽然被一阵嘈杂声吵醒，赶紧披衣起身，推开门，就见李文忠带着几个兵丁急匆匆往外跑去。

"李将军，出什么事了？"刘伯温忙上前询问。

李文忠一把抓住他的胳膊，脚下却不停："报传张士诚兵马来犯，先生，速与我去城楼查看！"

且说两人匆忙登上城楼，放眼望去，只见不远处黑压压一片，尽是全副武装的士兵。一夜之间，严州城竟然被围了个水泄不通。一阵风吹来，只见敌军飘扬的旌旗上，绣着一个大大的"张"字。李文忠恨声道："张士诚这贼人，竟然趁我城中空虚，出兵围城！"说罢，右拳重重地捶在城墙砖上。原来，前几日李文忠将城中的精锐部队派去支援舅舅朱元璋，此时城中能战者不足千人。

刘伯温也眉头紧皱，看那城外密密麻麻的士兵，起码也有四五万之多，双方力量悬殊。就在他仔细观察敌军之际，突听李文忠大喝一声："众将领听命！"只见他拔出腰间佩剑，对着众兵卒朗声道："敌兵围城，城池朝夕难保，若是好男儿，就跟我杀出城去，或许还能拼出一条生路！"

刘伯温一听，忙阻止道："将军，万万不可。敌众我寡，你若冲出城去，无异于送死啊！即使你杀出一条生路，

移舟泊烟渚

可一城的老百姓该怎么办？"

想到满城百姓，李文忠也是满心不忍，这张士诚是出了名的心狠手辣，严州城若失守，百姓落入张贼之手，恐怕性命堪虞！李文忠无奈地问："那先生以为该如何应对？"

刘伯温想了想，吐出一个字："守。"

李文忠听罢长叹一声："先生，城内兵少粮缺，只怕是长守不下去啊？"

谁知刘伯温却竖起三根手指头："放心。不出三日，敌军自会退走的！"

"三天？"李文忠瞪大了眼睛，"先生不是开玩笑吧？张士诚觊觎严州城已久，此番出兵，岂会轻易撤退。"

刘伯温捻须一笑："将军，只要你依我所言行事，保管敌军三天后退兵。"

李文忠虽然还是心怀疑虑，但他知道刘伯温神机妙算，是诸葛再世一般的人物，舅舅朱元璋在刘伯温的辅佐下，打了一个又一个的胜仗，那可是不争的事实呀。于是，他一点头："那就一切听先生安排，接下来我们该怎么办？"

刘伯温略一沉吟，道："开仓放粮。"

此时，城里的百姓们也都知道严州城被敌人包围了，他们生怕守军弃城不顾，又担心久守城池断粮断炊，不由得人心惶惶，城中一片混乱。李文忠在刘伯温的建议下，向百姓发表了一场铿锵有力、非常煽情的讲话："乡亲们，我是你们的守将，我和我的士兵必将与严州城共存亡，与你们共存亡。新城因地制宜，城墙坚固，只要我们同舟共济，敌军想要破城而入，谈何容易！"演讲完毕，他又按刘伯温所说开仓放粮。百姓们还在为将军鼓舞士气的演讲而热血沸腾，马上又有了粮食，每个人都跟吃了定心丸一样，士气大振。城中从 16 岁到 60 岁的男丁们自发组织起来，和士兵一起守城，同舟共济。

白天，军民在城头堆放木石，等敌兵一来，他们就滚下木石，让敌军无法靠近城墙。夜里，李文忠依照刘伯温的吩咐，命令全城百姓一人一盏灯笼，挂满城头和大街小巷。城外敌军见了，还以为城内埋伏着千军万马，不敢轻举妄动。

转眼就到了第三天。天刚亮，李文忠就急急地拉着刘伯温又登上城头。这时，敌营仍是旌旗猎猎，鼓声阵阵。李文忠心中一沉，蹙着眉头说："先生，敌兵还是不退啊！"

刘伯温一开始没说话，只全神贯注听那鼓声，突然，他哈哈大笑说："敌兵早已退走了！不信，你马上领兵出城看看吧！"

李文忠半信半疑，真的领兵出城一探。等接近敌营，一声呐喊，冲了进去，只见座座营帐中，几个老弱残兵有气无力地击着鼓。原来，敌兵早在前一晚就偷偷地溜走了。

李文忠大喜，回城后，便追问刘伯温怎么知道敌兵已退。刘伯温说："我一听敌营鼓声微弱，旌旗散乱，料定他们已经跑了。一个带兵的将军，守城要得民心，追兵要听鼓点、看旌旗，这是前人的经验啊！"

《九姓渔船考》书影

　　李文忠不住点头，想了想，又问："那先生一开始又是怎么猜到张贼三天后就会退军？"

　　刘伯温这才告诉他，那天他看到敌军虽然人数众多，但军容不整，便猜到可能张士诚并没有亲自带兵前来。而且，敌军中也不见辎重队伍，可见敌人粮草不足，无法持久作战。只要李文忠能调动百姓士气，军民一条心，必能赢得这场围城之战。事实证明了刘伯温的猜想，从此李文忠对他更是佩服得五体投地。

　　刘伯温与严州渊源颇深，不仅因为他是严州城的设计师，而且多年前他就来过这里，他之所以跟随朱元璋打天下，据说和严州一个老和尚的一句话有关，而新安江的九姓渔民传说也和刘伯温有关。

　　当时的刘伯温看透了元朝官场的黑暗，索性"炒了领导鱿鱼"，做起了"无业游民"，四处游历。这一天，他沿兰江顺流而下，来到严州地界，听说严东关江对岸宋公村（今三都镇）有三国古寺仁王寺，就一路寻访而来。仁王寺住持光达和尚接待了他，发现他谈吐不凡，知道遇见了高人。两人志趣相投，促膝长谈了一夜。第二天离别前，光达和尚见刘伯温胸怀平天下的大志，便赠给他六个意味深长的字："近朱兴，遇庸退。"刘伯温一开始并不知其中深意，但还是拜谢而去。

元至正二十年（1360）三月，刘伯温被朱元璋请到应天（今南京），并委以重任，成为朱元璋的重要谋士。这时，刘伯温才想起光达和尚送他的这六个字，不由深深佩服，此后更加尽心尽力地辅佐朱元璋。三年后，刘伯温辅佐朱元璋以弱胜强，在江西九江鄱阳湖彻底击败与他争夺天下的另一支农民起义军陈友谅的军队。

好不容易除掉了老对手，朱元璋想要将陈友谅的降军斩尽杀绝，但被刘伯温劝阻了。朱元璋说，不杀也行，但这些人都是造反起家的，万一哪天又动了反心可怎么办？刘伯温再次献计："不如将这些降兵流放到严州新安江上，贬为'贱民'，规定他们只能生活在江上，不得上岸居住，不准与平民通婚，不准读书应试，上岸时不准穿鞋……"朱元璋心想，只要陈友谅旧部不在九江，不在鄱阳湖，就不会沿长江而下对自己构成重大威胁，而且新安江离金陵不近不远，便于掌控。何况严州有自己的外甥、得力干将李文忠驻守，陈友谅旧部应该翻不了天，于是便同意了刘伯温的建议。相传这些降军主要有九大姓氏，即陈、钱、袁、孙、林、叶、许、何、李。这就是九姓渔民的来历。

没想到，朱元璋当了皇帝后，对往日的功臣猜忌不断。为了自保，刘伯温索性提前"病退"。明洪武八年（1375），刘伯温走水路回青田老家。船沿富春江、兰江溯江而上，

刘伯温：履历表再添一笔，我是梅城总设计师

杭州风俗 **HANG ZHOU**

171

来到严州城三江口时，刘伯温走到船头，远眺曾激发他壮志的仁王古寺，回望曾留下他壮迹的严州古城，一时触景生情，感慨万千。眼看天色渐黑，便靠岸维舟，准备天亮再走。

附近九姓渔民听说刘伯温来了，纷纷前来拜谢。刘伯温生怕连累他们，拒不相见，只是提笔写下"石壁"二字，让人交给他们。渔民们捧着墨宝，左看右看，终于体会出其中的玄机：刘伯温这是在告诫他们，在恶劣的社会环境中求生存，要像石壁一样，有"壁立千仞"的坚忍气概。后来，渔民们请石匠将"石壁"二字镌刻在洋尾埠棋坪山悬崖之上，风雨沧桑，存留至今。

小链接：

严州从三国东吴黄武四年（225）建县算起，距今已有近一千八百年的历史；从唐武则天神功元年（697）迁睦州州治算起，作为州城也已有一千三百多年的历史。严州是钱塘江干流中唯一的一个州府，在浙江 11 个州府之中排名第二，地位仅次于省会杭州，在浙江历史上占有重要的地位。

宋代是严州发展的重要转折点，尤其是南宋，严州从一个偏远州军一跃而为"畿辅之地"。宋太宗赵光义、宋高宗赵构和宋度宗赵禥在登基之前都担任过严（睦）州的地方官。太宗、高宗、度宗在位的时间加起来长达 72 年，也就是说，这三位从严州"走出去"的皇帝执政的时间要占去整个宋朝的四分之一左右。在保存至今的两部宋代严州方志淳熙《严州图经》和景定《严州续志》中，保留了有关这三代皇帝的九道诏敕圣旨。

出生太有戏剧性，
钱镠差点成"哪吒"

关于杭州的传说故事，钱镠的出镜率非常高。这位吴越国的创建人，出生于临安，爹妈都是普普通通的农民。和传说故事中的哪吒有些相似，钱镠一出娘胎就被视作妖孽。他的父亲钱宽也像哪吒的父亲李靖一样，动过杀子的念头。

话说临安城南有座大官山，山下有条山垄叫钱坞垄，钱镠的父亲钱宽就住在这里。钱宽和妻子男耕女织，供养母亲，小日子虽不富裕，倒也过得有声有色。不久后，妻子怀孕了，钱宽更是乐得合不拢嘴，干起活来也格外卖力。

有一天，他干完农活回家，老远就看见自家屋顶上爬着一条四只脚、两只角、蛇不像蛇、似龙非龙的怪物，他揉揉眼睛，再仔细看时，怪物却不见了。钱宽没什么文化，迷信思想比较重，看到这样奇怪的东西，心里不由犯起了嘀咕：会不会是什么不吉利的预兆呢？他担心母亲和妻子害怕，到家后也没说起此事。时间一久，他自己也忘了。

时间过得很快，转眼间，妻子就快临产了。公元

852 年 3 月的一天，钱宽干活回来，刚走到垄口，就看到自家屋顶上红光笼罩，好像冒出一股熊熊的火焰，他吓得赶紧跑向家里，边跑边声嘶力竭地喊："着火了，我家着火了，快来救火啊！"村民们听说失火了，都急匆匆挑起水桶，向他家跑去。可是等大家走近一看，茅草屋好端端的，哪有着火的样子。钱宽也愣住了，刚才路上他因天冷喝了几口酒御寒，难道是自己醉眼昏花看错了？只得向大家一个劲地赔不是。村民们见他态度诚恳，数落了他几句，也都散了。

钱宽一肚子懊恼，刚跨进家门，就听到一阵粗哑的婴儿啼哭声。接生婆抱着个襁褓从里屋出来，老脸笑成了一朵花："恭喜恭喜，你家生了个男娃！"钱宽心里一阵高兴，赶紧接过孩子细看。只见襁褓里的婴儿黑不溜秋，哭得小脸皱成一团，要多难看有多难看。钱宽的高兴劲儿瞬间烟消云散，不由想起之前看到的那个四脚怪物和方才屋顶上透出的诡异红光，心想：几次看到噩兆，生下的这个肯定是个孽种，长大以后定是个闯祸胚子，说不定还要被他牵连坐牢杀头。钱宽越想越害怕，脸上就像挂着冰霜，抱起小孩就朝院中井边跑去，想着把孩子抛到井内淹死算了。

刚到井边，突然听到一声喝问："你想干啥？"钱宽转身，原来是母亲钱阿婆发现他神色不对劲，跟了过来。钱宽气鼓鼓地说："娘，这孩子是个祸害，趁早丢到井里一了百了！"钱阿婆闻到儿子身上一股酒味，气得大骂："什么祸害，喝了点猫尿就开始说醉话！虎毒不食子啊，你媳妇好不容易十月怀胎，生了个儿子，你却想把他丢到井里淹死，有你这么狠心的爹吗？也不怕天打雷劈！"说完，一把从钱宽手中夺过襁褓，回到房里。

钱阿婆知道自己儿子脾气倔强，担心他酒醒后再来

钱镠王像　引自《绘图西湖拾遗》

纠缠，就悄悄把婴儿放进一个大竹篮里，用绳子绑好，吊到屋后的枯井里藏起来。

钱宽的妻子知道丈夫要淹死儿子的事后，哪里还躺得住，她流着泪对婆婆说："娘，你儿子的犟脾气一旦发作起来，十头牛也拉不住。孩子吊在井里，一旦哭闹起来，迟早会被他发现。我看，还是把孩子送到我娘家去抚养吧。"

钱阿婆虽然舍不得把孙子送走，但也明白媳妇说得有道理，抹着眼泪哭道："哎呀，我怎么生了这么个蠢笨的不孝子啊。"发泄完负面情绪，老太太的执行力还是很不错的，当下就把孩子从井里拉了上来，提着竹篮，蹚过溪坑，把小孩送到外婆家抚养。

因为这条命是阿婆留下来的，大家就叫这个孩子"钱婆留"，也就是钱镠；藏过他的那口井就叫"婆留井"；那条溪就叫"篮拎溪"，也有写作"兰陵溪"的。

钱镠慢慢长大了，少年的他不爱读书，整天和村里的小伙伴们疯玩。有一次，孩子们在村中一株很大的冬青树下玩耍，树旁有一块光滑的巨石，众人打赌："谁能爬上石头谁就当大王。"大伙儿摩拳擦掌，纷纷扑向巨石，但都跌了下来。钱镠却很沉着，他没有直接冲向石头，而是先打量一下周围，爬到了石头旁的一棵大树上，再从树上跳到石头上。其他的孩子看了，佩服得五体投地，从此钱镠就成了孩子王。

玩玩闹闹倒是很好的锻炼方法，钱镠因此长得身材矫健，力大过人，16岁就当起了盐贩子。钱镠与贩盐的伙伴从杭州、越州等地将盐贩运到安徽宣城、歙县一带贩卖，换取粮食。为躲避"官卡"，他经常夜行日宿，落脚荒山野岭，十分辛苦。临安横溪有个叫"钱王铺"的地方，据说就是钱镠当年贩私盐的歇脚之地。

贩卖私盐风险太大，不是长久之计，乱世之中，还是拿"枪杆子"比较有前途。21 岁那年，钱镠投奔临安石镜镇镇将董昌，开始从军生涯。有勇有谋的他终于找对了发展方向，此后的 30 多年里，钱镠战功卓著，一路高升。唐昭宗为嘉奖钱镠的功绩，甚至赐了他一块免死铁券：得此铁券者，可免九死，子孙免三死；如犯常刑，有司不得加责。相传唐朝几百年一共只颁发过四块。

钱镠拿到铁券后十分感激，请人代写了一道表文谢恩。这块铁券被钱家视为传家宝，世代保存。中华人民共和国成立后，钱氏后人将铁券交给了人民政府。如今，这件珍贵的文物由中国国家博物馆珍藏。

事业有成，自然要衣锦还乡。钱镠回到老家，建造了一座衣锦城，还以金樽、玉樽宴请家乡父老。为了在绝情的父亲面前摆摆威风，钱镠带着手下，前呼后拥地去见钱宽。听说儿子回来了，钱宽当下就躲开了。钱镠很失落，难道老爹惭愧得不敢面对自己？还是说他依旧认为自己是个祸害，不愿相见？于是，他让随从们都在路旁等着，自己下了马，一个人步行回家，向父亲询问原因。钱宽看着器宇轩昂的儿子，也说了掏心窝子的话："我们钱家世代以田渔过活，从未出过像你这样的显贵之人。你如今是两浙十三州之主，虽然看起来很风光，其实周围都是对你虎视眈眈的敌人。我怕以后出了什么事祸及钱家，所以不忍见你。"钱镠理解了父亲的苦心，拜谢父亲，从此更加小心谨慎，满心想着如何保境安民。正因如此，虽然当时天下纷争，群雄四起，北方战火纷飞，田园荒芜，而在南方的浙江一带，在钱镠的治理下依然是一派太平景象。

作为吴越国王，钱镠的功绩在史书上记载得清清楚楚，不必赘述。想不到带兵打仗几十年的他，也有温情脉脉的一面，曾写过一封浪漫到骨子里的九字情书："陌上花开，可缓缓归矣。"这简单而又妙趣横生的九个字，千百年来，令许多文人墨客赞不绝口。那么，情书的收件人是谁呢？这个幸福的人儿便是钱镠的原配夫人戴妃。

戴妃本是临安横溪郎碧村的一个农家姑娘，是乡里出了名的贤淑之女，嫁给钱镠之后，跟随丈夫南征北战，担惊受怕了半辈子，后来总算熬成了一国之母。虽然戴妃年纪轻轻就离开家，却始终放不下思乡之情，更放不下父母和村里的亲人们，所以她每年春天都要回娘家住上一段时间。那时临安到郎碧村要翻一座岭，一边是陡峭的山峰，一边是湍急的苕溪溪流。钱镠怕戴妃轿舆行走不方便，就专门派人前去铺石修路，路旁边还加设栏杆。后来，这座山岭就改名为"栏杆岭"了。

那一年，戴妃又去了郎碧娘家，留下钱镠在杭州料理政事。这一天，钱镠处理完公文，有些累了，便出宫散散心。来到凤凰山脚下，只见西湖边已是桃红柳绿，万紫千红。这么好的景致，身边却没有一起看风景的人，钱镠顿时感到心里空落落的，差点唱起了"花开成海，思念成灾"。回到宫中，他提笔就给戴妃写了一封信。

接到丈夫的信，戴妃展开一看："陌上花开，可缓缓归矣。"虽然只有短短的九个字，但字简情重，余韵悠长，胜过千言万语。戴妃心中暖洋洋的，不由落下两行甜蜜的珠泪。此事后来被传为一段佳话。再后来，又被人编成山歌《陌上花》，在民间广为传唱。

小链接：

公元 932 年的一个大雪之夜，81 岁高龄的钱镠在杭州去世。临终前，他特意叮嘱子孙：度德量力而识时务，如遇真君主，宜速归附。这最后的政治交代，意义深远，为吴越国最终纳土归宋埋下了伏笔，从而避免了吴越百姓遭受战乱之苦，为杭州以后的繁华打下了坚实的基础。

昭明太子分经著文天目山

　　唐代的大诗人杜牧写过一首《江南春》，其中有这么一句：南朝四百八十寺，多少楼台烟雨中。诗中的南朝是指东晋以后隋代以前的宋、齐、梁、陈四个朝代。今天这个故事的主人公就是南朝的昭明太子萧统。南朝的国都选在建康（今南京），萧统身为太子不在首都好好待着，为什么和杭州的天目山扯上了关系呢？这其中还有一个故事呢。

　　萧统是梁武帝的长子，公元502年，年仅2岁的他被立为太子，成为名副其实的"皇二代"。作为未来的皇位接班人，萧统小小年纪就要接受非常严格的教育，不过，这对他来说根本就谈不上是压力，因为天生聪颖过人的他，3岁就能熟读《孝经》《论语》，8岁就能登台讲经，是个不折不扣的神童。随着年龄的增长，萧统的学问越来越大。中国现存的最早一部诗文总集《昭明文选》，就是由萧统组织文人共同编选的。而且，萧统不仅有才，长得还帅气，风度翩翩，可说是才华和颜值双高。

　　梁武帝对这个儿子也比较满意，因为，想当年他也是文艺青年一枚，虽然现在当了皇帝，没有太多的时间

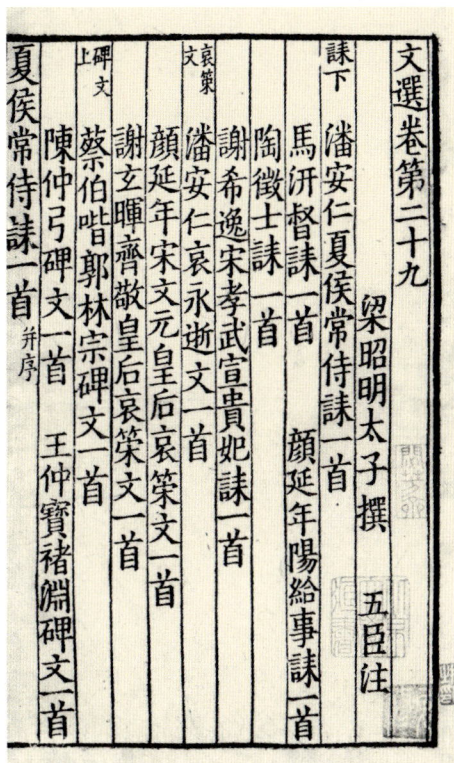

文選卷第二十九　梁昭明太子撰　五臣注

誄下
潘安仁夏侯常侍誄一首
馬汧督誄一首
陶徵士誄一首　顏延年陽給事誄一首
謝希逸宋孝武宣貴妃誄一首
潘安仁哀永逝文一首
謝惠連祭古塚文一首
顏延年宋文元皇后哀策文一首
陳立暉齊敬皇后哀策文一首
蔡伯喈郭林宗碑文一首
陳仲弓碑文一首　王仲寶褚淵碑文一首
夏侯常侍誄一首　并序

碑文上

哀策

碑文

南宋杭州猫儿桥河东岸开笺纸马铺钟家刻梓的昭明太子撰、五臣注《文选》书影

投入文学创作，但身边还是围绕着一大批高水平的文人，经常跟他们吟诗诵词。父子俩有着共同语言，相处起来也就格外融洽了。

　　不过帝王之家的父子关系，比起常人总要复杂很多，这对文艺父子的和谐最终还是被打破了。萧统25岁那年，母亲丁贵妃病逝。悲痛不已的萧统决定给母亲选一块风水宝地安葬，谁知地都选好了，正要投资整修时，却出了个叫俞三副的小人，把事给搅黄了。这个俞三副是梁武帝身边的宦官，有人找他做了桩生意，就是把一块不怎么样的地皮卖给皇家，事成之后，许以价款三分之一的回扣。俞三副财迷心窍，设法做通了萧衍的思想工作，买下了这块地。就这样，在俞三副的操作下，丁贵妃没葬进儿子选的风水宝地，而被葬进了一块普通的地里。

不久后，萧统请了一位有名的道士，到丁贵妃的墓前一看究竟。道士罗盘一转，给出一个结论："地不利长子。"长子就是太子萧统，对自己不利怎么行！可是，这块地是皇帝老爸看中的，而且母亲也已经入葬完毕，怎么办呢？道士给出了解决方案：调风水。具体的做法是，在墓穴的旁边埋一对蜡鹅以作祈福。为了自己的运势不受影响，萧统照做了。没想到就是这么一件小事，不仅被人告发，还被上纲上线，定性为"太子诅咒皇帝早死好早日掌权"。皇帝最忌夺权，气昏了头的梁武帝把萧统一顿臭骂。文艺青年那是相当敏感而骄傲的，受了冤枉的萧统对老爸大喊："我再也不想见到你了！"接着就离开了皇宫，挥一挥衣袖，不带走一片京城的云彩。

后来，萧统来到了杭州的天目山，见此处瀑飞泉流，巨杉幽篁，令人神清气爽，是个读书的好地方，便留下来筑舍隐居，认真研究学问。

有一天，萧统在山中远足，走着走着，忘了时间，眼看天色渐晚，他正担心不能及时赶回住处，忽见前方林木掩映中，似有一间草庵。走近了，看到庵中有个老僧正在诵经。萧统行了个礼，彬彬有礼地问对方念的是什么经。谁知道老僧全神贯注地盯着面前那本厚厚的经书，根本不搭理他。萧统也不生气，反正也回不去了，索性拿了个蒲团在老僧旁边坐下，一面静候，一面静听。

就这样，一夜过去了。第二天天明，老僧终于读完了最后一页。合上经书，他见萧统仍静坐一旁，便解释说不是自己有意失礼，只是自己念的是不断句的《金刚经》，必须一口气念完，所以不敢回话，并请求原谅。原来，当时佛教传入中国不久，佛经的翻译工作还没有完全到位，而这位老僧不通梵文，所以不辨章节，难以停顿。

巍巍天目

  萧统拿起老僧跟前的那本《金刚经》，想到母亲丁贵妃在世的时候，也常常诵读此经，不由心中一酸，说："我来替你分章译述。"

  老僧狐疑地看着他："不知尊驾何方人士，佛经分段事关重大，确能胜任？"言下之意是，你到底是何方神圣，没有金刚钻也敢揽瓷器活？萧统便把自己的身份告诉对方，老僧惊愕不已，赶紧起身行礼："原来是太子殿下，恕罪恕罪。"

  萧统摆摆手，说不知者不怪，说着便要下山。老僧送他到草庵门口，抬眼看到远处悬崖上一棵老银杏树，说："这棵银杏树根生石隙，凌驾半空，如欲飞的虬龙，已近万年寿命，为了感谢太子分经，我就给您讲一个关于这棵银杏树的故事吧。"

  相传，天目山下住着一位老人，他有两个女儿，大女儿叫春梅，二女儿叫秋梅。老人临终前，把她们叫到跟前说："我快要不行了，屋后留下两座山，西山给春梅，东山给秋梅，山上有宝，你们自己去找吧。"老人去世后，姐妹俩都做了一个梦。姐姐梦见一个老翁送给自己一袋银杏，妹妹梦见一位婆婆送给自己一袋金元宝。一觉醒来两人身边什么也没有。第二天，姐妹俩扛着锄头，各自上山挖个不停。姐姐在山上种植银杏；妹妹只想挖到金元宝，结果把山上的小树都挖掉了。一天天，一年年，西山上的银杏长成了大树，结满了果实，东山却长满了茅草和荆棘。姐姐春梅靠自己勤劳的双手，开荒致富，赢得了一位英俊青年的爱慕，结为伉俪，幸福终生。妹妹秋梅则独守空山，过着凄凉的生活。

说完，老僧淡淡一笑："这是当地的传说，太子听听就是了，不必当真。只是这银杏树岁过万年，实在是世间少有啊。"

萧统望着万年银杏满树的黄叶，谦卑之情油然而生，在亘古的时间面前，一国的太子是多么渺小的存在啊。

天目流水

回到隐居的茅庐，萧统开始夜以继日地分编《金刚经》，连吃饭睡觉都顾不得了。到了第七天，眼看大功告成，突然，萧统眼前一片模糊，接着整个世界陷入无尽的黑暗，吓得他把笔都扔到山坳里去了。正巧老僧来探望他，萧统赶紧求助："师父快来，我，我什么都看不到了……"

老僧将他扶起，搭了搭脉，说："太子法缘不浅，七日之内将《金刚经》分编为三十二节，又将经文内容全部译出，功德无量。只是这七日不眠不休，用神过度，心血枯竭，以至双目翳障，渐渐失明。"

萧统知道是怎么回事了，反而沉静下来，心想：既然为传播佛法作了贡献，眼睛也算瞎得值得了。

老僧像是猜到了他的心思，淡淡一笑，说："太子，我可助你复明。"说着，带着萧统去东山的一处山泉，以清澈的泉水洗他的左眼。一连洗了七七四十九天，萧统的左眼亮了。老僧又带他去西山，用那里的山泉洗他的右眼。七七四十九天之后，萧统的右眼也复明了！

因为太子萧统的眼睛是用天目山东、西两山的山泉洗亮的，从此，东边这座山被叫作东天目，西边这座山被叫作西天目，每座山上都有一个"洗眼池"。

几年后，梁武帝对儿子的怒火早就烟消云散了，他派人把萧统接回宫中。经过这几年的历练，萧统也成熟了很多，回宫后，继续刻苦修行。这么自律的人如果当皇帝，定会是一代明君。可惜的是，萧统最终还是没有机会接老爸的班。31岁那年，他在坐船游湖时不慎落水，大腿划了一道口子，虽然人救上来了，但伤口感染，不久死于破伤风。出殡那天，全城老幼奔走宫门，号泣满路，大家都为太子的英年早逝悲伤不已。梁武帝白发人送黑发人，大哭一场，给儿子赐谥号昭明。

不久，昭明太子薨逝的消息传到天目山，当地百姓非常难过，为了纪念这位旷世奇才，人们就把他分经的地方叫作"分经台"，把他甩落笔的山坳叫作"落笔坞"。

小链接：

萧统备受百姓爱戴，不仅因为他才华出众，更因为他极富同情心。梁天监年间（502—519），萧统的封地池州大旱，田地龟裂，禾苗枯死，赤地千里，饿殍遍野。萧统闻讯后，从京城匆匆赶来，开仓放粮，救济灾民。

南朝梁普通年间（520—527），由于战争爆发，京城粮价大涨。萧统就命令东宫的人员减衣缩食，"欲以己率物，服御朴素，身衣浣衣，膳不兼肉"，每逢雨雪天寒，就派人把省下来的衣食拿去救济难民。他在主管军服事务时，每年都要多做三千件衣服，在冬天分发给贫民御寒。

桐君山上的抗疫"老中医"

在富春江和分水江交汇处，有一座林木葱郁、景色秀丽的小山，别看这座山海拔只有 60 多米，但是梁启超曾把它比作"峨眉之一角"，这座山就是桐君山。"桐君山"这个名字的来历，与桐君老人有关。古代名医，我们熟知的有扁鹊、华佗、张仲景、李时珍等，而这位桐君老人的咖位比起他们，绝对是有过之而无不及。上古时代，南方湿热，多瘴气、瘟疫及各种危害人类的疾病。桐君奉黄帝之命，来到江南，寻医问药并暗访冶炼之术。他跋山涉水，翻山越岭，以身试药来深究本草药性。他的医药实践成果，被后人汇编成《桐君采药录》，成为有文字记载以来我国最早的药物著作之一。可以说，4000多年前的桐君，是一位名副其实的"老中医"。

古时的桐庐，两江常年发大水，淹没良田，颗粒无收。更让人揪心的是，老百姓好不容易熬过洪涝，却熬不过之后的疫病，经常是十屋九空，哀鸿遍野。

这年五月，大雨连绵不止，江水暴涨，冲塌堤坝，灌入粮田，淹死了好多人。半月之后，就发生了瘟疫，住在东山脚下的阿牛一家就中招了。阿牛是个樵夫，在东山砍柴为生，他的父亲前几年就是死于瘟病，如今，母亲也有了相同的症状，又拉又吐，滴水不进，才几天就饿脱了相，眼看就要不行了。当晚，阿牛守在母亲床前，老太太神志倒还清楚，她努力拉住儿子的手，气若游丝地说："阿牛啊，我是没几天好活了，等我死后，你就离开这里去其他地方找活路吧。"

阿牛心中绞痛，说："娘啊，你别这么说，我明天就去找大夫，想办法替你治病。"

阿牛娘摇摇头："别说我们家没钱看病抓药，就算有钱，又有哪个大夫治得了这瘟病呢？"

就在母子俩黯然神伤时，忽听门外传来声响，阿牛举着油灯出去看个究竟，见门外站着一个仙风道骨的白须老人。老人穿一身布衣，腰间挂着一只红皮葫芦，一双草鞋都快磨破了，像是赶了很长的路。

老头告诉阿牛，他本想进山采药，只是天色已晚，怕在山中迷了路，想在他家借住一宿。阿牛挠挠头，为难地说："老先生，要在平时，你想住多久都可以，只是如今我母亲身染重病，我担心你会被传染啊。"

老人微微一笑，指着不远处一棵枝繁叶茂的梧桐树说："既然如此，我就在那儿将就一宿好了。"

阿牛说行吧，于是回屋拿了一床干净的铺盖给老人，又帮他点了一堆篝火。做完这些，他回到屋里继续照顾母亲。过了会儿，一股奇异的香味从门外飘来，闻了心肺为之一爽，阿牛正疑惑间，门又被敲响了，还是那个白须老人。只见他手捧一只木碗，那股香味正是碗中那琥珀色液体发出的。"让你母亲先把这碗去秽汤喝了，等明天天亮，我再为她仔细诊治。"

阿牛大喜着接过木碗："老先生，原来您会看病问诊，请问尊姓大名啊？"

老人笑笑，却不答话，转身回到梧桐树下，枕着红皮葫芦，睡下了。

阿牛的母亲喝了去秽汤，不适感大减，这一晚睡得非常踏实。第二天天亮，老头果然来为阿牛的母亲看病，诊治结束，他对阿牛说："你母亲的病虽是恶疾，但也不是无药可治，我会想办法的。"

阿牛连连道谢："老先生需要什么，尽管开口。"

老人听说阿牛打柴为生，对东山非常熟悉，便让他给自己带路，然后背着竹筐，两人一起进山采药。每挖到一种药，老人都要亲自尝味，以辨药性。忙活了整整一天，回到山下，老人也顾不得歇息，就在梧桐树下支起釜灶开始熬药。阿牛抽抽鼻子，这药好香啊，比昨天的去秽汤还要好闻。药煎好了，阿牛喂母亲喝下，第二天老太太就能下床了，一连喝了三天，老太太的病就彻底痊愈了。

阿牛那个高兴啊，逢人便夸白须老人医术高明，药到病除。于是，不少病人慕名来找老人看病。老人从不拒绝，他白天为人看病采药，晚上熬制汤药，非常辛苦，却不索要分文酬金。大伙儿也不知道怎么报答他，见老人露宿在梧桐树下，就共同出力帮他在树下搭建了一座茅屋。

阿牛能与老者为邻，非常自豪，说："老先生，您就在这儿长住吧，别走了。"

富春江旭日

老人捋着飘飘长须，笑着点头："此山风景秀美，草药丰沛，确实是个好地方。"

阿牛听老人赞美东山，更开心了，说："这山还有个精彩的传说呢！"接着便说起了这东山的由来——

富春江畔的老百姓原本过着平静的生活，直到有一天来了一条蛟龙。这蛟龙平时就在江边的洞窟里睡觉，睡醒了就出洞瞎闹腾，乌云盖顶，风雨如泄，飞沙走石，翻江倒海。百姓苦不堪言，为了讨好蛟龙，就弄来了六畜祭祀，谁知这蛟龙凶残无比，说六畜味道不好，非要用童男童女代替。百姓无法，只得照做。

江边有一个年轻的樵夫，他的父母就是死于蛟龙引起的水灾，如今听说蛟龙要百姓献出童男童女，更是怒火上涌，发誓要将蛟龙杀之而后快。他把自己的砍柴刀磨了七七四十九天，磨得锋利无比。这天，江边乌泱泱围了好些人，一对童男童女坐在临时搭起的高台上，他们就是被挑中的祭品。看到孩子马上就要命丧龙口，他们的爹妈早在台下哭得昏死过去。

蛟龙得意扬扬地浮在江面上，张着嘴等着吃人肉。就在这时，年轻的樵夫撑着一片竹筏，来到它跟前。

蛟龙也不用正眼瞧他，懒洋洋地问："你要干啥？"

樵夫朗声道："我是来屠龙的！"说罢，双腿一蹬，跳上龙背，挥刀就砍。谁知蛟龙皮糙肉厚，一阵火星过后，砍柴刀断为两截，却连龙皮都没伤着分毫。

蛟龙哈哈大笑："你这臭小子赶紧退下，不然老子连你一块儿吃了！"说着一摆身子，将樵夫甩到了江中。樵夫在水里一阵扑腾，慌乱中抓住了撑竹筏的竹篙，眼看蛟龙向童男童女游去，他猛一咬牙，再次跃上龙背，举起竹篙，朝龙头狠狠扎了下去。这蛟龙浑身硬如铁皮，偏偏这脑门是它的死穴，只听扑哧一声，竹篙已经贯穿龙头，蛟龙一阵抽搐，死得干干脆脆。

后来，蛟龙的身子渐渐腐烂，化作了春泥，龙头则变成了一座山。

阿牛说到这里，指了指山顶："山上那座白塔，据说就是当年那个小伙子插进龙脑袋的竹篙化成的。"

白须老者听完故事心想，脚下这座山未必是恶龙所化，不过这一方的老百姓，确实苦难深重：水患、饥饿、瘟疫……想到大家日子过得如此艰辛，老者悲悯之心更甚，他回到茅屋，又忙着熬制汤药了。为了让病人更方便地用药，他把汤剂改良为中成药，将一个个小药丸装进那个红皮葫芦里，每日背着葫芦，走街串巷，为人看病送药。很快，当地疫情就得到了控制，病人也纷纷痊愈。

这天夜里，白须老者搓好一百粒药丸，灌进葫芦里，刚准备休息，忽听有人敲门，说要看急诊。老人打开门一看，只见来人面色漆黑，双眼无神，确实不像一个健康人，于是就将他请进屋里，伸出手给他搭脉。这一搭脉，老人心里就是一惊，这人的脉搏时有时无，时快时慢，太不寻常了。他又让这人伸出舌头，一看，更是奇怪，对方的舌苔怎么如同铁块一般黑。

见老人发愣，来人冷笑一声，道："老头，你自诩医术高明，能治人间百病，看出我得的是什么病吗？"

老人知道来者不善，这会儿倒是冷静下来，淡淡地道："人间百病我确实能治，但是，恐怕你并不是凡人。"

来人面色一凛："没错，我不是人，是瘟神！散布瘟疫，取人性命是我的工作，我在此地每年都能超额完成任务，谁知你来了后，又是送医又是送药，把人一个个都救活了，我这个瘟神，还有什么威信可言？老头儿，我劝你赶紧收拾东西滚蛋，否则，就别怪我不客气。"说着，就要去夺白须老人放在桌上的红皮葫芦。

老人担心撒了刚制好的药丸，赶紧一把抱住了瘟神。他这一抱，倒让瘟神慌了手脚，他是堂堂瘟神，人人见了避之唯恐不及，什么时候跟人贴身肉搏过啊，两人便扭打在一处。瘟神实战技能不行，只能打嘴炮："老头，我和你远日无怨近日无仇，只要你乖乖离开，我可以高姿态一点，既往不咎！"

老人却知道，倘若今天放了瘟神，来日他必定要报复百姓，为祸一方，因此决心要和瘟神同归于尽，于是紧咬牙关，用力一扑，与瘟神双双滚落山崖……

几天后，人们在山下的深潭中发现了白须老人的尸体，他的面容还是那么慈祥，那么宁静，仿佛只是停留在睡梦中。村民们悲痛不已，他们决定将老人安葬在山中，让他与青山为伴，与满山的草药同眠。墓地选好了，立碑时，大家却犹豫了，因为直到现在他们都不知该怎么称呼这位悬壶济世、不留姓名的老人。

阿牛抹了抹眼泪，看着老人草庐旁那棵高大的梧桐树，说："老先生活着时非常喜爱这棵梧桐树，不如，我们就叫他桐君吧。"大伙儿纷纷点头，在石碑上刻下了"桐君"二字。从此，东山成了桐君山。而桐君庐盖之下被庇佑的一方水土便叫作桐庐了。

小链接：

桐君山位于分水江入富春江之口，与县城隔江相望。桐君山从山脚通山顶有300余级石阶，曲折蜿蜒而上，登临眺望，富春的山光水色、云容雨意悉收眼底。山顶的人文景观有石牌坊、桐君亭、仙庐古迹、桐君祠、白塔、摩崖石刻等，与自然风光融为一体，相得益彰，别有情趣。

严子陵：狂放的睡姿
代表我自由的灵魂

姜太公钓鱼，是为了吸引周文王的注意，好实现自己治国的理想。但东汉著名高士严子陵钓鱼却正好相反，这是他拒绝东汉开国皇帝刘秀抛出的富贵枝，遁世隐居的借口。

严子陵出生于西汉末年，少年时离开家乡余姚，到长安拜师学习，他博览群书，积累了一肚子学问，再加上性格率真，便与一同求学的南阳人刘秀成了好朋友。

刘秀的事迹大家肯定不陌生，他年轻时曾在众人面前大谈自己的人生理想："仕宦当作执金吾，娶妻当娶阴丽华。"若干年后，他的理想不仅都实现了，还超额完成任务，成了东汉的开国皇帝。

打江山不易，坐江山更难。何况打了这么多年仗，百废待兴，急需人才，于是刘秀想起了老同学严子陵。严同学可是怀有大才之人，知天文晓地理，想当年天天被老师点名表扬。倘若此人能为己所用，必能大大减轻自己的工作压力。只是，多年前两人就失去了联系，严同学现在也不知躲到哪里去了。

求贤若渴的刘秀就找来画师，按照自己印象中的严子陵的模样，让画师画了一幅肖像，然后拷贝了无数份，分发全国，重金寻人。不久，好消息传来，有人说在富春江一带见过这么一个人，整天反穿着一件羊皮袄，跟谁也不多说话，就只顾坐在江边一座大钓台上钓鱼。只是那人胡子拉碴的，似乎比画像上的样子老了许多。老就对了，毕竟过去了那么多年啊！

刘秀想那钓者肯定是严子陵没错了，于是让人准备了礼物，还写了一封言辞恳切的信，说自己决心把国家治理得繁荣富强，但是这么大的事情光靠我一个人是没法完成的，严同学你就来当那根扶持我前行的拐杖吧！

信和礼物都送去了，却石沉大海，一点回应都没有。一连三次，次次如此。刘秀左思右想，决定不远千里亲访老同学。他话刚说出口，就遭到大臣们的反对，尤其是一个叫司徒侯霸的说："陛下，您是九五之尊，为了一个严子陵跑那么远，这不是纡尊降贵吗？何况他对您的征召置若罔闻，根本没把您放在眼里啊。"这司徒侯霸是朝中能臣，只是嫉贤妒能，心眼太小，他知道严子陵满腹才华，和皇帝又有同窗之谊，担心他入宫后，自己就要被冷落，因而极尽挑拨之能事。

不过，刘秀去意已决，不顾众人反对，还是向着富春江而来。司徒侯霸无奈，只得跟着一同前来。

这天，刘秀按照报信者的指引，来到距离桐庐县城南40里处，富春江在这里锁成一泊镜面，只见江水宁静，天光与水色融为一体，不由暗自感叹：此处真乃奇山异水，天下独绝，这严子陵真会找地方啊！再看两岸青山相对而出，连绵不绝，东边有一座高约数丈的石台，上面坐着一个头戴竹笠、手持钓竿的男人，明明天气不冷，这人却反穿着一件羊皮袄。刘秀登上钓台，来到那人身后，故意咳嗽了一声。

垂钓者闻声转过头来，不是严子陵又是谁？看到刘秀亲临钓鱼台，严子陵也非常意外，赶紧放下钓竿，起身行礼。刘秀却笑着拉住他的手说："子陵君不必多礼，你我还是像当初在长安求学时一样吧。"

这严子陵本就是个自由洒脱的人，听刘秀这么说，也就不再拘泥。两人并肩站在钓台上，欣赏富春江的美景。望着远山近水，刘秀饶有深意地说道："富春江秀美无双，难怪子陵君不愿离开。"

严子陵听得出老同学话中有话："我胸无大志，能以山水为乐就知足啦。"

刘秀索性把话挑明了："如今天下初定，百废待兴，望子陵君出山，辅助我治理天下，也不枉你满腹才华！"

严子陵却淡淡一笑，重新拾起钓竿，说："陛下，您太高看我啦，我可不是姜太公，我就是单纯想钓几条鱼打牙祭。"

刘秀也不想逼得他太紧，就扯开话题，问富春江里哪种鱼最美味。严子陵想了想，说："富春江中鱼类众多，不过最美味者，非鲥鱼莫属。这种鱼肉质鲜嫩，而且非常特别，其他鱼一旦被渔网捕获，必定是乱蹦乱跳地挣扎，而这鲥鱼只要有一丝挂鳞，立刻就不动了，宁可丧生也不肯损伤鳞片。"其实，他是想以鲥鱼惜鳞为托词，告诉刘秀，自己爱惜羽毛，宁愿游钓隐逸，也不愿步入钩心斗角的朝堂。

刘秀打个哈哈，只当没听明白。这时，钓竿微微颤动，有鱼咬钩了！严子陵赶紧起竿，一条鲜蹦活跳的鲋鱼脱水而出。严子陵大笑："陛下，您有口福了，鲋鱼汤可是最好的下酒菜啊！"

刘秀也笑了："那好，我正想和子陵君对饮三杯呢！那就劳烦子陵赶紧回去做鱼汤吧。"

于是，两人一同回到严子陵住的茅屋，谁知严子陵并不急着做菜，而是提着一个水桶出门了。刘秀问他去哪里，他说："好鱼一定要用好水，才能煮出最好的汤。山脚有一处泉眼，最是甘甜，我去打水。"

严子陵说的这处泉眼，正是后来为茶圣陆羽大加赞赏的"天下十九泉"。传说陆羽遍尝天下名茶，用这里的泉水烹茶，觉得既甘甜又清冽，于是大笔挥就"桐庐严陵滩水第十九"几个大字。

再说严子陵打回泉水，煮好鱼汤，揭开锅的那一刻，茅屋内香味四溢。严子陵盛了一碗鱼汤端给刘秀说："陛下尝尝。"刘秀接过喝了一口，又撕了一块鱼肉放进嘴里，感觉油而不腻，入口即化，真是独一无二的天下美味。

两人一口酒一口汤，大快朵颐，不亦乐乎。这一切，自然都被跟随在刘秀身后的司徒侯霸看在眼里，他见严子陵如此受刘秀器重，简直恨得牙痒。

天色一点点黑了下来，桌上的鲋鱼汤只剩一副骨头，桌旁的两位老同学也都喝得有了六七分醉意。刘秀打量着茅屋内简陋的陈设，道："子陵啊子陵，以你的才干学识，明明可以有一番大作为，享一份大富贵，为何偏偏要隐居在这样的陋室之中？"

严子陵淡淡一笑："窗外有山有水，心中有天有地，陋室也比朝堂强啊。"其实，严子陵几次三番拒绝老同学抛来的富贵枝，除了他本性就对追逐功名毫无兴趣外，也是受到了一个人的影响，这人就是他的老丈人——梅福。

梅福原本是严子陵的老师，是一位研究《尚书》和《谷梁春秋》的大学问家。梅福很喜欢严子陵，喜欢到将女儿许配给他。梅福除了有学问，为人也很耿直。他在任南昌县尉时，经常上书言政。汉成帝永始三年（前14），梅福以一县尉之微官上书朝廷，提醒皇帝应广纳贤士、虚心纳谏，但皇帝根本没有采纳，梅福还被朝廷斥为"边部小吏，妄议朝政"，险遭杀身之祸。心灰意冷的梅福索性挂冠而去，隐于南昌城郊，后又隐姓埋名，云游四方，隐居四明山。老丈人的遭遇让严子陵明白，空有一颗赤诚之心，在险恶的政治环境里，有时候反而会给自己和家人带来更大的伤害。

不过，严子陵也看出刘秀是真心想要当一个明主，便将自己心中的治国理念说了出来："天下初定，陛下要体恤百姓，减免赋税，民心顺，则天下平。再施以教化，三纲五常；选拔英才，各司其职；天下为公，百姓富裕，则能长治久安也。"

刘秀听了连连点头，见天色已晚，自己又醉眼朦胧，便决定像当年在学生宿舍时一样，和严子陵挤一挤凑合一夜。

两人和衣而卧，谈起求学往事，也谈着治国之道，不知不觉已经过了五更。两人累极了，终于迷迷糊糊睡去。床很窄，严子陵鼾声如雷，睡相也不怎么好，一个翻身，整条右腿就搁到了刘秀的肚皮上。刘秀惊醒了，被压得

严瀬下有子陵
钓台封苔藓
鹭鸶盘中颐
夷暖 宾虹写

杭州风俗 **HANG ZHOU**

黄宾虹《严子陵钓台》

严子陵：狂放的睡姿代表我自由的灵魂

难受，但看看一旁的严子陵睡梦正酣，不忍叫醒他。谁知这一幕，都被窗外偷看的司徒侯霸瞧在眼里，他眼珠子一转，有了主意。

第二天清晨，灿烂的阳光唤醒了严子陵，他发现自己的一条腿还压在刘秀身上，赶紧道歉。刘秀笑着说没关系，便起身出屋。刚走到门口，司徒侯霸便急不可耐地上前说道："陛下，臣观测昨夜天象有变，客星冲犯帝座甚急，恐怕对陛下不利。"

刘秀愣了一下，笑道："肯定是昨夜朕与子陵同床而眠，他把大腿搁到朕身上所致，爱卿不必多虑。"

严子陵心如明镜，知道司徒侯霸这番话其实是说给自己听的，自己还没答应进宫为官，就遭人嫉恨，万一真要去做刘秀的心腹，还不知要遭受多少追名逐利的小人的毁谤呢！想到这里，他越发坚定了隐世的决心。从这一点来说，司徒侯霸的歪主意算达到目的了。

总之，这一趟来桐庐，刘秀失望而归，不过，他还真够执着的，建武十七年（41），刘秀再次邀请严子陵进京辅佐国事，再次被拒绝。传说刘秀派人手捧锦袍玉带来到钓台，恳请严子陵出山。严子陵却淡淡地说："钓鱼之人何需这些！"说罢，随手撕了锦袍玉带抛向富春江。那丝丝缕缕的锦袍玉带，刚接触江水就变成了一尾尾鳞光闪闪的小鱼。此鱼每年立夏前后就会游到钓台下来拜谒严子陵，非要磕破鼻子方休。后人便称此银针似的小鱼为子陵鱼。

虽然一次次被拒，但是刘秀并不记恨这个"不识时务"的老同学，若干年后，当严子陵卒于富春山家中，刘秀悲恸不已，亲自下诏有关郡县加以厚葬，这份胸襟也算

桐庐东门头

是难得了。不过，能让刘秀如此念念不忘，也说明严子陵的确是一个奇才，倘若生活在政治清明的时代，他必能发挥所长，为国家为百姓作一番贡献。

在这位东汉高士去世千年后，命运之神把他与一位北宋著名的政治家和文学家联系在了一起，后者正是大名鼎鼎的范仲淹。

宋仁宗景祐元年（1034），时任右司谏的范仲淹因上疏谏止废黜郭皇后，触怒龙颜，被贬往睦州（桐庐郡）。不过范仲淹在睦州只工作了两个月，就是在这两个月里，他不仅主持修建了严子陵祠堂，还写下了那篇脍炙人口的《严先生祠堂记》，"构堂而祠之，又为之记"。而关于这篇文章，桐庐一带还流传着这样一个传说。

话说《严先生祠堂记》写好后，作为当时的著名文人，范仲淹对自己的文采相当满意，但为了谨慎起见，他还是请好友李伯泰来给自己"把把关"。李伯泰把文章细细看了一遍后，呵呵一笑，说："你这篇文章只需改一个字。"范仲淹忙问他改哪个字，李伯泰却笑而不答，只是说如果范仲淹三天之内想不出改哪个字，就在钓台上请他喝酒，由他来改。

到底该改哪个字呢？范仲淹苦思冥想不得要领，三天之后，只得准备了酒菜，与李伯泰在钓台之上谈古论今。酒酣耳热，一阵清风徐徐拂来。李伯泰故意高喊："好风！好一个钓台之风！"范仲淹听了，猛然醒悟，大声说："高风！好一个先生之风！"于是就有了后来的名句："云山苍苍，江水泱泱。先生之风，山高水长！"

在范仲淹的大力宣传下，富春江畔的严子陵钓台随着严子陵一起名闻天下。

小链接：

明朝翰林学士方孝孺曾写过一首《题严子陵》："敬贤当远色，治国须齐家。如何废郭后，宠此阴丽华。糟糠之妻尚如此，贫贱之交奚足倚。羊裘老子早见几，独向桐江钓烟水。"

诗中的羊裘老子就是严子陵。不过这首诗主要还是讽刺开创了"光武中兴"的刘秀。"娶妻当娶阴丽华"的刘秀，在实现愿望后仅仅一年，就迫于军事形势，为巩固与真定王刘扬的联盟，再娶了刘扬的外甥女郭圣通，还将其立为皇后。单纯从气节角度考量，推崇儒学的方孝孺，对刘秀的做法肯定是很不待见的。

三个和尚没水喝，
铁拐李出手引来蜜山泉

"一个和尚挑水喝，两个和尚抬水喝，三个和尚没水喝。"谁小时候没听过《三个和尚》的故事呢？但这个故事发生在哪里又有几人知道？

故事的发生地就在美丽的千岛湖，古时候属于严州所辖的淳安县地界。和尚们的修行之地建在当地一座人迹罕至的高山上，山上古木参天、植被茂盛，唯一的缺憾是没有活水源。

这座山原本是一座荒山，每年春天，五颜六色的山花开得热闹喧嚣，引来勤快的蜜蜂在此采蜜安家。中空的树洞、陡峭的石岩缝隙……到处都是野蜂的家，蜜蜂们在此筑垒蜂巢，繁衍后代。

这天，终于有人发现了这一处世外桃源。这是一位采药老人，他在山中迷了路，误打误撞地闯进了这个蜜蜂王国。采药老人又累又饿，见到处都是蜂窝，就采了一些野蜂蜜果腹。甘甜益补的蜂蜜让老人神清气爽、精神倍增，体力也恢复了不少，终于，他在一片密林中找到了出山的路。平安回到村里，老人把自己的奇遇告诉众人，想到山中蜜蜂成群，自己也多亏了山上的野蜂蜜捡回一条命，就把这座山称作蜜山。于是，这座荒山就有了这样一个甜美的名字。

若干年后，蜜山的山巅上多了一座叫马石庙的小庙，因为山高路险，庙内香火不盛，非常寒酸。有多寒酸？只有两间破旧的土坯房，茅草顶稀稀拉拉，一下雨就漏水。庙里只有一个年轻的和尚，在这深山里苦修。因为山上没有水，生活用水只能到山脚下去挑。下山的道路崎岖十八弯，和尚每天为了挑水都要耗费不少时间。为此，他常常无奈地感叹，要不是挑水费时费力，自己的修行肯定能更进一步。

这天，年轻的和尚刚刚诵经完毕，忽听门外传来一阵木鱼声。出去一看，只见一个手敲木鱼、身穿袈裟的中年和尚。对方称自己是来蜜山庙驻锡的。年轻和尚心中暗喜：这下有人替我挑水了！于是，他很爽快地将中年和尚引入庙内。

第二天做完早课，又到了下山挑水的时间。年轻和尚把中年和尚带到厨房里，指了指地上的水桶和扁担："你下山去挑一担水来。"谁知中年和尚眉毛一拧，反驳道："论年龄我比你大，修行的时间比你长，你凭什么要我挑水？"年轻和尚理直气壮地说："凡事都讲究个先来后到，我是此庙的主人，哪有'老大'挑水之理？"中年和尚不依不饶，年轻和尚据理力争，双方好像都言之有理，但道理又不能拿来喝，最后双方只得各让一步，改挑水为抬水，两个人一起下山，这样谁也不吃亏，谁也占不了便宜。

此时正是三伏天，烈日当空，酷热难当，两个和尚抬着水桶艰难地跨越每一道台阶，窄窄的山道没个尽头似的。两人一走一晃，不时还喝上几口，等到了山上，

大珠小珠落玉盘

一桶水只剩下半桶。水不够用，只能下山抬第二趟，这么一来，每天花在取水这件工作上的时间更多了。

这样的日子过了约摸一年，这一天，又是做完早课，庙门外又响起了木鱼声。年轻和尚和中年和尚一起出门查看，见一个白须齐胸的老和尚站在那里，原来他也是来蜜山修行的。

年轻和尚和中年和尚对视了一眼，彼此间第一次有了默契："这下可以让这老和尚挑水了！我们终于'解放'了！"于是，两人热情地把老和尚迎进庙内。

到了第二天，两人把老和尚带到厨房，指着扁担和水桶，让老和尚下山挑水。别看这老和尚一副慈悲老实的模样，却哪里肯干这吃亏的事，他连连摆手，说："阿弥陀佛，我年纪比你们加起来都大，老胳膊老腿的，你们好意思叫我干这重活？"

年轻和尚哼了一声，说："干活哪分年纪大小，我是庙主，你来得最晚，当然要你去挑水。"中年和尚也帮腔说："之前一直是我们抬水，现在你来了，就应该你多干一些。"

老和尚一听，说："之前你们两个人抬水喝，为什么要我一个人去挑水？不行不行，为公平起见，我看应该三人轮换着抬水，这样谁也不吃亏。"

没有更好的办法，另外两个和尚只好点头同意。接下来抬水的花样可就多了：第一天，年轻和尚与中年和尚抬水；第二天，中年和尚与老年和尚抬水；第三天，老年和尚与年轻和尚抬水……抬了十来天，轮来轮去这账就有点算不清了，于是乎大家都开始罢工，宁可干耗着，也不愿意下山取水。几天过去了，三人渴得不行，嘴巴都开裂了，也没水做饭，饿得无精打采地坐在阴凉处，巴不得对方比自己先吃不消而下山取水。

这天，刚好八仙结伴云游天下，蜜山上这可笑的一幕正好落入这八位仙人的眼中。倒骑在毛驴背上的张果老第一个看不下去，说："这些和尚真不知道念的什么经，拜的什么佛，修的什么身，养的什么性？"曹国舅和吕洞宾也纷纷摇头，说："道归道，佛归佛。咱们井水不犯河水，还是随他们去吧！"但是有个人却提出异议，那就是爱打抱不平的铁拐李："这不行，我得下去点化他们。"说完，脚下的酒葫芦慢慢往下飘去。

到了地上，铁拐李收起宝物，拄着拐杖一瘸一拐来到庙里，三个和尚已经连站起来的力气也没有了。铁拐李将拐杖重重地往地上一顿，指着三个和尚大骂："你们三个懒和尚，到底在修行什么？佛祖的脸都让你们丢尽了！"三人被骂得是脸红一阵白一阵，无言以对。铁拐李兴头上来了，清清嗓子还要再骂，门外忽然飘进一个美貌女子，脆声说："佛门净地，谁在这里大声吵闹？"铁拐李定睛一看，不是别人，正是观世音菩萨座前的龙女。

铁拐李见是熟人，也不好再发作，当下打趣道："我当是谁，原来是小龙女啊，怎么今日有闲到这荒郊野地游玩？"

龙女也笑眯眯地回答："我正想问你呢，李哥咋有闲情雅致来这破庙一游？"铁拐李哈哈大笑："我们都不是闲人，来此小庙，恐怕是为了同样的事。"龙女频频点头道："李大哥说的极是。我本来想自己动手的，不过大哥法力无边，既然你在了，那就轮不到小妹显摆了。还烦劳你在庙旁的山岩上戳个洞，引一处山泉来吧，好让这三个和尚有水喝。"

铁拐李瞥了那三个和尚一眼，心里有些不甘，道："这么做，岂不是便宜了这三个懒和尚？"

龙女微微一笑："佛祖慈悲为怀，何况他们也只是懒惰，并非无药可救的大奸大恶，我们总不好见死不救。再说，这蜜山山高林密，是个难得的栖隐修行之所。为方便日后更多有缘人在此皈依修佛，李大哥就请高抬贵手显一显你的法力吧。"

铁拐李听龙女说得有理，又给自己脸上贴了金，当下也不好意思拒绝，于是拿起拐杖奋力向岩石戳去，随着"嗵"一声巨响，岩石洞开了一个碗口大的孔。

一旁的小龙女双目低垂，手拈兰花指，口中念念有词："心诚感得石头开，手勤挖得清泉来。"说罢手指轻轻一弹，顿时，一股清泉从岩洞中潺潺流出。

那三个和尚见状，扑在地上叩头不止。龙女道："你们三个以后定要改了这懒惰的毛病，凡事莫要锱铢必较，好好修行，尽早顿悟佛心。"说罢，携了铁拐李一同飘然而去。

三个和尚受了点化，从此变懒为勤。他们齐心协力，动手把小泉眼挖成一个五尺方的石池，并在池边上栽上树，种上竹。石池中的泉水甘甜可口，再加上这里本就叫蜜山，这眼清泉便被叫作"蜜泉"了。渐渐地，铁拐李与龙女引来蜜山泉水的故事就传开了，来蜜山修行礼佛的人越来越多。为了方便香客上山，三个和尚起早摸黑打石筑路，把从山脚到山顶的羊肠小道筑成八百级石阶的石板大路。有人要问了，为什么是八百级石阶？因为传说中彭祖活了八百岁，八百级台阶便暗喻这位老寿星，是个吉利的数字。三个和尚还到处劝募化缘，运木挑砖，把小小的马石庙建成有三座大殿的蜜山禅寺。

再后来，三个和尚先后圆寂了，人们在蜜山顶为他们砌了三座六角形的僧塔，当地人叫和尚坟，现在已是淳安县文物保护单位。自 1960 年建成新安江水电站，海拔 108 米以下的所有山峰都沉入湖底，昔日的淳安变成了名副其实的千岛湖，蜜山也成了蜜山岛。三个和尚的故事，却依然在一代又一代人的口中流传。

小链接:

蜜山岛面积不大，只有 0.36 平方千米，但它却是千岛湖中一座充满禅味的小岛。自古以来蜜山就是一处佛教圣地，有人曾以"碧湖青山藏古寺"来形容蜜山岛。除了和尚坟外，这里还有磴道、吟诗亭、摩崖滚钟、佛手、大雄宝殿、放生池等景观，吸引众多游客和善男信女云集于此，观光礼佛。

三个和尚没水喝，铁拐李出手引来蜜山泉

杭 州 风 俗 **HANG ZHOU**

209

开池置船，朱熹把教育
做成了一种"行为艺术"

在宋代的教育界，应该找不出能与朱熹比肩的人了。宋代四大著名书院，朱老夫子一人就重建了两所——白鹿洞书院和岳麓书院。除了办学校外，他还亲自制定了学规，编撰了"小学"和"大学"的教材，经他一手培养起来的国家人才数不胜数。

今天我们要说的故事，要从一首著名的哲学诗说起，这就是朱熹的《题方塘诗》：

> 半亩方塘一鉴开，
> 天光云影共徘徊。
> 问渠那得清如许，
> 为有源头活水来。

和热衷夸张的李白的"白发三千丈"不同，性格沉稳的朱熹把方塘的面积大大缩小了，传说中的方塘占地20多亩，这么大的池塘要是用来养鱼的话，放到现在，不出意外年收入在 10 万左右。当然啦，朱熹在方塘并没有养鱼，而是干起了他最擅长的工作——教育。

乾道七年（1171）的一个秋日，朱熹受朋友詹仪之的邀请，来到淳安县西北 40 里的康塘村。这是一个碧山环抱的小山村，远离喧嚣，民风淳朴，竟有点儿世外桃源的味道。

因此，一见到朋友，朱熹就忍不住赞道："詹兄，这可真是一个做学问的好地方啊！"

詹仪之听了笑笑，笑容里有一丝隐约的无奈。詹氏是当地的大族，詹仪之从小勤奋好学，二十几岁就考中进士，先后担任过吏部侍郎、静江知府等。虽然他一心想当个好官，在任时也颇有建树，可是官场是非颇多，朝廷又偏听谗言，自己辛苦工作最终却遭贬谪。为此，詹仪之心灰意冷，索性弃官回乡，执教瀛山书院，致力于民间教育。

詹仪之主持书院后，决定提升书院的教学质量，扩大书院的品牌影响力，从而实现"扩招"。为此，他想到了自己的老朋友——当时著名的哲学家、教育家朱熹。如果能请到朱熹来讲学，一定能让书院登上"热搜榜"。

朱熹与詹仪之友谊的小船，起锚于 20 年前，也就是南宋绍兴二十一年（1151），那时候朱熹刚调来临安（今杭州）当官，詹仪之恰好也在此时到临安参加会试。会试后，詹仪之到张浚家拜访，正好碰上同在张家作客的朱熹，两人一见如故。如今朋友开口了，朱熹欣然赴约。

为了尽地主之谊，詹仪之带着朱熹参观起书院来。朱熹再次陶醉于眼前的美景，但走着走着，他的心底又生出一丝遗憾："书院为群峰环绕，风景优美，但有山无水，实乃憾事。"是啊，没有了水的点缀，山就缺少了灵气。

詹仪之也同意老朋友的看法，说自己也想过要开池引水，只是要在山坳里找到合适的水源，实在不容易啊。

朱熹"嗯"了一声，也不再说什么。当晚，他早早睡下，睡梦中，魂魄脱离肉身，晃晃悠悠往南飘去，一直飘到南海。突然，海面上漫天霞光，一朵祥云缓缓浮出海面，上面盘坐着端庄慈祥、手持净瓶的南海观音。

"菩萨！"朱熹忙上前行礼。

观音微启星眸，看了他一眼，道："哦，我当是谁，原来是文曲星啊。你远道而来，所为何事？"

因为在儒学方面的成就很高，所以很多传说故事里，都说朱熹是文曲星下凡。据说生下来的时候，朱熹右眼角长有七颗黑痣，排列如北斗，似乎注定他以后的不同凡响。朱熹 19 岁结婚，同年便以金榜第五甲第九十名，进士及第。都说洞房花烛、金榜题名是人生大喜事，朱熹 20 岁不到，就完成了这两件人生大事。

再说面对观音的朱熹将瀛山书院有山无水的遗憾说了出来，观音听了淡淡一笑："引水开池，这有何难。"说着将净瓶中的杨柳取出一枝，交给朱熹，又如此这般地交代了一番。说罢衣袖一摆，带起一缕扑鼻的香风，把朱熹的魂魄又吹回了瀛山书院。

此刻，朱熹手中杨柳枝上的甘露依然未干，他依照观音告知的咒语，口中念念有词，轻轻挥动柳枝，圣水滴落在一片空地上，瞬间山泉飞湍。接着，文曲星转世的朱熹掏出自己的朱笔，大笔一挥，顿时出现了一个 20 多亩的大池塘，碧水微澜，澄波似镜。

第二天，人们发现书院里一夜之间多了一个这么大的池塘，无不惊愕万分。詹仪之拉着老朋友来看稀奇，连呼"奇事"。朱熹想尽快安抚众人，以免分散学生们的注意力，就说昨晚做了个怪梦，梦到观音菩萨来到此处，洒下甘露，画土为池。众人也找不到其他合理的解释，就都说一定是观音显灵，纷纷跪地向南祈拜。

有了清澈的水塘，朱熹又命人在池子里设置了画舫，他要把教室搬到画舫中，在船上讲学授课。附近的文人、名士听说朱熹在此地开课，纷纷慕名而来。朱熹也喜欢把来客往画舫中请，与他们吟诗作对，切磋学问。朱老夫子对这套"教学行为艺术"是这么解释的："亲近自然，可以汲取天地灵气，比一本正经端坐在教室里，要更加有效果。"

也不知是不是真的汲取到了天地灵气，凡是登上此船的人确实会变得格外地勤奋好学、聪明过人。有一户姓洪的人家，家里三兄弟都在画舫上听过朱熹的讲课，后来竟然同时中榜。之后，村民们就竞相登上画舫以求灵气，把行为艺术推广到底。

遗憾的是，朱熹毕竟是"客座教授"，在他离开后，瀛山书院里的这个水池也就慢慢枯涸了，画舫也随之渐渐腐朽。但是康塘的村民为了鼓励村人读书，就用纸糊旱船，每逢元宵便在环翠池遗址舞旱船，以求灵气。"康塘旱船"也就渐渐成了一项民间艺术，保存至今。

这个传说，把开凿方塘的功劳都归于"文曲星"朱熹了，但是，按照历史记载，方塘是和瀛山书院同时诞生的。詹仪之的爷爷詹安"辟建书堂于山之冈，初为银峰书堂，后易双桂堂，再改名瀛山书院，并凿方塘于麓，结庐引泉，以作群族子弟教化之地"。

虽然方塘不是因朱熹而开，但朱老夫子在瀛山书院讲学那可是实实在在的。瀛山书院也因为朱熹经常"往来论学于斯"而名声大振，成为当时全国最好的几所书院之一。方塘村一带，也成了全国最好的"学区房"。

在瀛山书院的时候，朱熹除了为学子讲课，也为自己"充电"，他最喜欢做的一件事，便是在方塘边的得源亭里阅读詹氏的藏书。他一边读书，一边思考，目光所及，瀛溪两岸，柳风竹影，清澈的源头活水，源源不断地注入方塘……看着看着，朱熹似乎彻悟到了什么。他回想着这么多年来，上下求索，学无止境，而今鸢飞鱼跃，从佛家的困惑与道家的迷茫之中游离出来，深深融入理学的瀚海之中。由此，朱熹豁然贯通，临流触发，即兴而赋成千古绝唱《题方塘诗》。

"天光云影""源头活水"，就是"即物穷理，格物致知"。"人心之灵，莫不有知"，要去掉"人欲"，洁净心灵，就能唤醒心中的"天理"。通过"今日格一物，明日格一物"的不断积累产生"豁达"的知识扩展，才能真正把握"天理"，实现人的道德完美，最终成为"圣人"。这就是朱熹的"方塘悟道"。

朱熹在瀛山书院讲学的日子里，立德树人，赢得了一致好评。这也就引出了另一个传说故事。

瀛洲书院的"客座教授"朱熹为人正直，绝不嫌贫爱富，对穷苦人家的子弟反而更加看重，教得格外认真。大家都认为朱熹是世上少有的好先生，都对他十分敬重。有一年开春，久旱无雨，田地都龟裂了，禾苗无法成活。到了夏天，大多数的百姓家都揭不开锅了。瀛山书院的很多学生都是穷人家出身，无奈之下，都打算外出逃荒。朱熹看着很着急，劝说学生们要咬紧牙关挺过秋后的考试。每天上午，他带领学生们读书，下午又带着学生们去采摘野菜、树叶，放一点米煮成稀薄的野菜羹吃。大家就是靠着这种野菜羹勉强饱肚，总算熬到了秋天。开考后，书院的学生们果然取得优异的成绩。大家忘不了朱老夫子的恩情，此后每到年三十，都会煮菜羹来怀念他。后来这个习俗就流传了下来，至今，淳安还保留着年三十吃菜羹的习俗。

不论传说的真假，詹氏热心办学那是不争的事实。宋代，遂安（县名，晋置，1958 年并入淳安）以詹姓考取举人、进士的人最多。据遂安旧志载：在两宋，遂安有二十人中举（不计已考取进士者），其中詹姓十九人，占百分之九十五；出了四十六位进士，其中詹姓有二十四位，占百分之五十二点九。这一系列数据，是教育的意义和作用最真实的体现。

小链接：

瀛山书院创建于宋代，一直到清末仍在办学，从这里走出去的人才不计其数。1982 年 3 月 21 日，瀛山书院遗址被淳安县人民政府公布为文物保护单位。传说瀛山书院最早由一院（书院）、一园（花园）、三亭（大观亭、仰止亭、得源亭）、一塘（方塘）、一桥（登瀛桥）组成，风景优美。令人遗憾的是，书院的大部分建筑已经在历史的长河里风化成为遗迹，仅有得源亭、大观亭尚存。得源亭内南面墙壁中嵌有碑刻五通，分别为：明方应时的《得清（源）亭歌》、毛一瓛的《和文公咏方塘诗》，清方世敏的《和咏方塘二绝》、闵鉴的《方塘诗》，民国遂安县教育局长姚桓的《修建瀛山书院记》。

参考文献

1. 灵隐街道：《灵隐书》，杭州出版社，2018 年。

2. 董校昌：《浙江省民间文学集成·杭州市故事卷》，中国民间文艺出版社，1989 年。

3. 陈相强：《西湖之谜》，杭州出版社，2006 年。

4. 洪尚之：《西湖传说》，杭州出版社，2006 年。

5. 章建胜：《千岛湖风物故事精选》，团结出版社，2015 年。

6. 蒋水荣：《大杭州名胜古迹民间故事集》，浙江摄影出版社，2002 年。

7. 傅金祥、吴桑梓：《湘湖传说》，杭州出版社，2013 年。

8. 蔡堂根：《湘湖史话》，杭州出版社，2013 年。

9. 姚朝军：《桐庐旅游故事集》，西泠印社出版社，2014 年。

10. 朱金坤：《径山禅茶》，西泠印社出版社，2009 年。

11. 余杭区民政局：《安溪乡土文化》，2004 年。

12. 顾志兴：《江上自古多才俊》，杭州出版社，2013 年。

13. 顾志兴：《两处筲箕泉 一个山居人——简论西湖筲箕泉为黄公望山居地之一》，《黄公望与〈富春山居图〉国际学术研讨会论文集》，2010 年。

14. 姜青青：《杭州茶趣》，杭州出版社，2016 年。

老底子逸事 HANG ZHOU

丛书编辑部

郭泰鸿　安蓉泉　尚佐文　姜青青　李方存
艾晓静　陈炯磊　张美虎　周小忠　杨海燕
潘韶京　何晓原　肖华燕　钱登科　吴云倩
杨　流　包可汗

特别鸣谢

顾希佳　林　敏（系列专家组）
魏皓奔　赵一新　孙玉卿（综合专家组）
夏　烈　李杭春（文艺评论家审读组）

供图单位和图片作者

杭州饮服集团　萧山餐饮协会
王　力　王永春　王怡新　艾　琳　邬大江
张　望　周　宇　周兔英　郑从礼　姚建心
贺勋毅　盛利民　韩　盛　鲁　南　蔺富仙
（按姓氏笔画排序）